I0648666

LO FRÁGIL QUE ES LA VIDA

Primera edición: Diciembre 2025

Publicado por ClassicReadings

Plano, TX.

ISBN 979-8-90148-893-5

PROLOGO

Luego de unos momentos decisivos en un quirófano por una emergencia renal, comprendiendo lo frágil que es la vida, la autora decide narrar lo vivido en esas horas en una camilla de hospital, y analizar como la vida pende de un hilo muy delgado, un instante que nos quiebra.

Este libro nace de esa certeza sencilla, pero al mismo tiempo, inmensa: la vida es frágil. A veces la descubrimos en un instante que nos quiebra, otras veces en las miradas de alguien que se fue demasiado pronto, a veces en el silencio de una sala de hospital, otras en la súbita conciencia del que el tiempo no nos pertenece.

Este libro no pretende dar respuestas absolutas, porque la existencia rara vez las ofrece. Mas bien recoge reflexiones filosóficas y profundamente humanas sobre aquello que nos atraviesa a todos: la vulnerabilidad, el sentido, el dolor, la búsqueda, el miedo a perderlo todo y el anhelo de vivir plenamente antes de que el reloj se detenga.

Aquí entrelazamos historias, pensamientos, símbolos antiguos voces de diversas tradiciones espirituales y cuestionamientos íntimos, porque hablar de la fragilidad es hablar también de la grandeza del amor que sostiene, el perdón que libera, de la dignidad que nos da formas, del tiempo que se nos escapa y del tiempo que todavía podemos honrar.

Este libro te invita a caminar por ese territorio donde la vida revela sus hilos más finos, no para entristecerte, sino para recordarte la belleza, a veces invisible de cada instante concedido.

Que al abrir estas páginas encuentres un espejo, un abrazo, una compañía. Que encuentres una forma de mirar tu propio camino.

En un mundo que corre sin pensar, detenerse un momento a contemplar la fragilidad es paradójicamente un acto de fortaleza.

ÍNDICE

No imaginé que la vida pudiera quebrarse en un instante tan silencioso. No hubo un aviso claro, solo un dolor agudo creciente que me obligó a mirar hacia dentro. Este cuerpo, nuestro territorio que creemos conocer, se nos volvió ajeno, lejano.

Entre luces blanca de hospital y voces que chillaban como eco, entendí que la frontera entre estar y no estar es un delgado hilo.

Me dijeron eran cálculos renales, piedras enormes, fragmentos endurecidos tal vez con los años, mal formados por mis propias alteraciones emotivas, petrificadas que se negaban a fluir.

La cirugía fue urgente y en ese tránsito entre el miedo, la entrega y la resignación, sentí que caminaba por el filo invisible de un umbral, de esos de los cuales tanto he escrito en anteriores novelas y ahora soy mi propia protagonista.

Hoy aún a 15 días del inesperado trance, me siento débil, frágil, cada respiración es un milagro, cada pensamiento un acto sagrado.

He comprendido que la vida no se sostiene con fuerza, sino por un declarado equilibrio de amor y misterio.

Basta un segundo, una punzada, una visión que miraba al techo de un quirófano, para entender que como mortales, gozamos todos de un tiempo prestado, que no es precisamente nuestro, ni al cual dominamos. En momentos como esos sentimos en carne propia lo vulnerable que somos, lo rápido que nos pueden cambiar de una sala de operaciones a una sala velatoria.

Este libro nace de ese umbral con la certeza que nuestra existencia pende de un suspiro, y con esa fragilidad, la vida nos revela su belleza más pura, lo inestable, lo infinito, donde todo acaba. En ese instante tan especial ¿cuál será tu pensamiento?

Hay muchas verdades conocidas de esa realidad vivida a mis muchos años. Fue una simple operación por cálculos renales, que me llevaron sin embargo a quedar en manos del destino, del personal médico, pero sobre todo en manos de Dios.

A pesar de la urgencia nos atendieron, y en ellos la fragilidad de mi vida, que tuvo la misma importancia de haber sido operación de corazón, pulmones u otro cualquiera.

Que frágiles somos, en segundos cambiamos de lugar, de existencia y de tiempo.

EL DESPERTAR

No recuerdo exactamente en qué momento volví. Fue como salir del fondo de un lago oscuro, lento, pesado, con el cuerpo suspendido entre la nada y un rumor lejano de voces.

La anestesia se retiraba, desaparecía en la mitad de un temor sin saber hacia dónde me dirigía.

La potente lampara del quirófano me cegó por unos segundos que se hicieron eternos, habían corrido una especie de cortina gruesa sobre mi cuerpo paralizado, aun sin terminar de reaccionar.

Al fondo de mi cuerpo escuché el ruido de algún aparato de los acostumbrados en procesos operatorios como ese, bendito sonido, me gritó que estaba viva, aun en este plano que sin ser de grandes expectativas era mi vida.

Las lágrimas no tardaron en aparecer, ellas me regresaron a mi rutina, aquella experiencia no podía quedar sin escribir, siendo periodista y escritora, una experiencia en mi propia existencia, no podía pasarla por alto, no así nomás. Por Dios que frágil soy, que frágil es la vida humana, mi vida pudo pasar la línea hacia el umbral que me correspondía, pero no fue así, no era el tiempo de rendir cuentas, y eso se lo agradezco a quien dispone de la vida o la muerte.

Aun no estaba preparada, aquella cirugía de emergencia me cerro la oportunidad de haber escrito mucho más que mis fantasías, mis novelas de ficción o de muchas otras basadas en hechos reales. Ahora sí será sobre mi existencia, esa experiencia entre la vida y la muerte.

En ese momento frente a mi aquella luz intensa que no te permite diferenciar caras, personas, pensé lo frágil que es el ser humano, estuve por más de 3 horas, en manos extrañas tratando mi cuerpo como algo rutinario para aquel equipo humano, pero para mí fueron seres que en instantes podían disponer de mi como quisieran, sin posibilidad de exigirles derechos, exigir respeto, consideración y amor al prójimo.

Una mano tomó la mía, mire hacia esa persona, era la enfermera quien me sonreía, le regrese con una mueca, más que un gesto, esa sonrisa que significó para mi estar de nuevo en un mundo que continuaba girando sin mí, sin estar atenta a aquel acontecimiento tan trascendental para mí.

En aquella hora que el mundo seguía su rumbo, girando sin mi aprobación, fueron horas suspendidas, pero en realidad nada había cambiado, yo sí, me sentía diferente, distinta, sentía que era totalmente otra persona.

Mientras me llevaban por el pasillo bajo una secuencia de luces y sombras de seres humanos desconocidos, lluvia de pensamientos me llegaban, era como un torbellino que estuvo ahí siempre, pero silenciado por el espejismo de un trabajo para lo cual realmente no soy imprescindible, por una situación económica que me negó ese derecho ocupando el privilegio, el primer lugar, en fin, que aquel recorrido fue un despertar a gritos de una conciencia ahogada en su propio destino mal entendido.

Pensé durante ese recorrido, en hechos que a nadie había comentado, a excusa que debía a mis seres queridos, creyendo que la vida para mí nunca acabaría, sé que todos piensan igual, que morirán todos, pero nosotros no, mantenemos la creencia, que aún no, no será el final y así por siempre, para nosotros no llegará la muerte. Creencia tan personalista, tan engreída, casi nos creemos estar por sobre lo humano y lo divino.

Cuan falsos son esos pensamientos, cuan frágil somos. Un cuerpo puede romperse en silencio, una vida puede pender de una línea en una pantalla y lo que creemos eterno puede disolverse con una aguja o un corte impreciso, con una pequeña falla humana.

Por un instante trate de cerrar los ojos, no por cansancio, sino por curiosidad, quería saber ¿que había detrás de esos momentos de oscuridad bajo efectos químicos?

Efectivamente de nuevo entré en ese trance, entre lo real, lo místico y lo espiritual. Fueron momentos entre la maravilla de una dimensión diferente rodeada de gente de todas las razas, y la incertidumbre de estar frente a un mundo ajeno, desconocido.

Escuchaba la voz de mi padre, "aún no es tu tiempo" me decía sin palabras solo lo percibía mi propio espíritu, mi alma.

El vivir no es un derecho, es una oportunidad, es un tiempo que te prestan para que lo utilices de la mejor manera en ese proceso de evolución de cada uno y en momentos como el mío frente a una potente luz que estaba sobre mí me decía, no lo hice, perdón, no lo hice, entendiendo segundos más tarde, que mi padre tenía razón, no era mi tiempo, frente al tiempo prestado que no he tenido la oportunidad de utilizarlo.

Al abrir de nuevo mis ojos, la respiración me parecía algo maravilloso, ¿cuántas veces tuve la oportunidad de apreciar cada respiro, cada segundo? Y no, no lo hice, creía que mi vida sería infinita y resulta que en un solo instante todo, absolutamente todo desaparecerá. Que desperdicio de vida.

Al cerrar nuevamente los ojos, aun encandilada con aquellas luces del largo pasillo por donde transitaba, con un pensamiento que me salió de lo más profundo de aquel cuerpo aun indefenso, murmuré una sola palabra: Gracias, gracias, Señor, sea quien seas.

No supe a quién se lo decía, si a Dios, al universo, o a mi propio cuerpo, pero allí comprendí que la gratitud es la raíz más profunda de la vida.

Una simple intervención quirúrgica por sorpresivos cálculos en el riñón derecho pudo haber sido suficiente para mi fin, para concluir aquel tiempo prestado que me dieron durante mis años de existencia. Que frágiles somos, entendiendo que en realidad no somos nada, que basta un segundo para seguir o darle fin a nuestro tiempo en este plano.

De haberme ido para siempre cumpliendo el tiempo que el universo, Dios o la vida, me prestó, ¿con qué me presentaría en ese otro plano?, ¿cuáles serían mis logros, resultados u objetivos cumplidos?

¿En realidad aproveché ese tiempo que me prestaron que ahora llegaba a su fin?, ¿aproveché el talento que me dieron?, ¿supe cuál era ese talento?

Pero que frágil lo ves todo en ese momento mientras un grupo de seres desconocidos están sobre tu cuerpo y es de ellos de quienes dependes si mantienes ese pequeño hilo que te conecta a tu vida, a tu rutina, a seguir disfrutando de tu tiempo prestado. En realidad, que frágil es ese hilo, esa conexión que crees es infinita, sobre la cual no piensas, no meditas, no reflexionas.

Es entonces cuando regresas a tu tiempo real, luego de superar ese espacio que ocupaste en un quirófano donde te arrebatarían de las garras de un infinito, que piensas, ¿cuál es en realidad el sentido de la vida?

Es un reinicio a tu tiempo vivido, una reacción a la realidad que trataron de quitarte, y ese tiempo prestado a donde has regresado ya no será igual, buscaras las respuestas que te hiciste en ese tiempo sobre el estar aquí y aun no saber si seguirás y decides cambiar, considerar y responder a aquellas inquietudes bajo los reflejos de la poderosa luz que por más de 3 horas estuvo sobre tu cuerpo indefenso.

Ya sabes la fragilidad de una vida pasajera, jamás pensaste que eso te sucedería, y es allí cuando comienzas ese nuevo camino, aprovechar tu segunda oportunidad.

EL SENTIDO DE LA VIDA

Creemos tener el control de todo: planes, el futuro, el trabajo y demás. Pero un instante lo cambia todo. Aquello que era lo más seguro, queda en suspenso, el trabajo en minutos lo puedes perder, tus sueños quedan suspendidos, desaparecen, las circunstancias son otras, en fin, que ¿tener el control?, nada más falso.

El sentido no se encuentra en hacer, sino en ser. Nos enseñaron a correr, no a detenernos, en construir, no en escuchar. A planear la vida, no a sentirla, pero la vida es frágil como un soplo, tiene su propio ritmo y cuando nos obligan a detenernos comprendemos que el sentido no está en lo que poseemos, sino en lo que amamos, en lo que sentimos.

En momentos como ese que tuve que pasar en una sala de operaciones, comprendí todo eso, no pensé en el cliente que deje esperando para un nuevo contrato de publicidad, o en el pésame que debía darle a mi compañera de trabajo, no, allí, mientras me preparaban para la intervención, por mi mente solo pensé en mis hijos, si los volvería a ver, en mis hermanos a quienes los saludo todas las noches, eran ellos los míos, mis verdaderos intereses, y así con ellos aun en mi mente, perdí la conciencia, la anestesia me sacó de mi realidad, entre en un limbo en manos extrañas y en sus decisiones.

La vida tiene su sentido precisamente por su fragilidad, valoras lo sencillo, lo efímero, lo cercano. Luego de un trance como el vivido conectada a la vida por una mano de enfermera que sostenía la mía, era mi enlace, mi conexión, ¿qué más frágil que eso? Si, la vida es frágil, pero se repite cada día, lo entendemos y valoramos en esas inesperadas situaciones.

El silencio tiene su propio sonido, lo descubrí esa mañana cuando desperté entre luces blancas, con el pulso lento y confundida con el alma suspendida entre dos mundos. No sé si fue la anestesia, el miedo o la conciencia de haber rosado el límite, pero de pronto todo lo que antes me parecía importante se disolvió.

Fue en ese momento cuando como un susurro interno, me pregunte, ¿cuál es el sentido de la vida, si es tan frágil, si desconocemos cuando se nos termina ese tiempo que nos prestan?

Allí comencé a darle valor, prestarle atención a todo lo que me rodeaba: el goteo del suero, la sabana que me rozaba las piernas, la claridad de un sol que parecía darme la bienvenida, y allí a mi lado en una cama adicional, estaba mi hija, quien llegó con la urgencia del caso. Sentí su respiración, la vi más hermosa que nunca, y al observarla, solo una palabra: "gracias por tenerte".

Luego de recorrer toda la habitación donde estaba, pensé que todo eso podía no estarlo disfrutando, incluso la entrada y salida de aquel personal auxiliar, que, a muchos molesta por no dejarlos dormir en paz, yo les sonreí con esa sonrisa de felicidad de un "sigo aquí, que alegría", bienvenidos sean.

Entonces comprendí algo que nunca había entendido del todo: vivimos creyendo que la vida nos pertenece, que podemos medirla en días, en metas, en planes. Y sin embargo basta un instante, una palabra, un diagnóstico, una mirada para que todo cambie.

Creemos tener el control de todo, pero la vida no se deja domesticar. Tiene su propio ritmo, su propio misterio y a veces solo cuando nos detiene en seco, nos enseña su verdadero rostro, nuestra propia realidad.

Durante años y nos referimos a más de 40, corrí sin detenerme, cumplí horarios, llené páginas del periódico donde cubría la fuente deportiva, atendía mis clientes en materia de publicidad, mantuve un ritmo acelerado en la crianza de 4 hijos, y en fin que confundí el movimiento con el sentido, el hacer con el ser.

Hasta ese día cuando el cuerpo dijo basta y en ese límite silencioso, en ese llamado de atención, cuando la rutina se detuvo y el ruido del mundo se apagó, descubrí que la vida se mide de otra manera: por esos instantes que habitan en lo profundo del alma.

Continuaban mis recuerdos en aquella cama, nada cómoda, pero en esos momentos post quirófano, era una maravilla. Regresé a mi niñez, con unos 12 años, mi madre a mi lado tratando de bajarme la fiebre con cara de preocupación, cuantas gracias a ella por una dedicación que pocos sabemos valorar y recompensar.

La vida te regresa en esos instantes a recuerdos que te llegan de manera abrumadora, aquel día cuando con un bate rompiste la frente de tu hermanito menor y te regresa la culpa como en ese momento. El regaño de mis padres, el castigo sentándome en una silla mirando a la pared. Increíble lo que hace nuestra mente, nuestra memoria, hechos tan inesperados como ese de verte bajo unas pantallas de luces gigantes, rodeados por seres desconocidos que te dicen palabras, como "tranquila, todo saldrá bien", pero sabes que es la intención, pero no la seguridad.

Frente a todo eso entendí que la vida no se trata de durar, sino de estar. De estar de verdad en el abrazo, en el silencio, en el agradecimiento. Todo lo demás: el éxito, la apariencia, la ambición, es un disfraz que el tiempo termina deshaciendo, nada de eso queda.

Quizás el sentido de la vida no sea una repuesta, algo que te tranquilice, sino una forma de mirar, una manera de aceptar que somos frágiles y es allí donde está nuestra grandeza, en la fragilidad.

Esa es la experiencia que tuve durante aquellas 3 horas fuera de mi control, dependiendo de terceras personas, inclusive totalmente desconocidas, de quienes esperaba nada más y nada menos, que me mantuvieran con vida, que me arrancaran del dolor, bastante intenso, por cierto, y de un posible desenlace funesto, definitivo.

Al abrir los ojos, al reaccionar lentamente de ese sueño profundo, sentí que iniciaba otra parte de mi vida, que me han dado otra oportunidad, reconocí lo vulnerable que somos y eso me hizo sentir más humana, más cercana a todos los que me rodean incluso a quienes en tan precario momento me trataban de dar ánimo, de darme más tranquilidad y fui compatible con todos ellos inclusive con la misma doctora a quien jamás había visto, pero quien tuvo en sus manos mi vida, la continuación o no.

Definitivamente somos frágiles, vulnerables, pero solo lo reconocemos en momentos como ese que vivimos así de manera repentina, sin programarlo, sin planificación, solo sucedió y ya.

La vida es un préstamo, un soplo, que se nos da para aprender a ver la luz en medio del caos.

Y puede que tal vez el propósito no es entenderlo todo, sino abrazar lo que somos y mientras estamos.

Aceptar que el dolor, el temor, reír y esperar, forman parte de la misma vida y en nuestro caso, que puede ser como en muchos otros, en cientos de otros, el tiempo se detuvo por completo, quede en medio de la nada, sin saber cuánto tiempo.

Reflexionando sobre esa realidad, sobre lo vulnerable de aquello vivido, mis pensamientos y análisis se vio interrumpido, nuevamente la asistencia médica llegó a la habitación: la tensión normal, no había fiebre, tampoco dolor. Todo bajo control para ellos, no para mí, que aun sentía no era dueña de mi situación, que continuaba vulnerable, en manos extrañas y tan solo la presencia de mi hija, me ofrecía algo de seguridad y confianza, en ella sin saberlo realmente, descansaba mi futuro.

Aquella ventana no dejaba de mirarla, sentía tanta paz, tranquilidad al ver la claridad, los rayos de un sol que aún no se ocultaba y sentí dentro de mí tanta gratitud, no estaba nada bien, apenas se iniciaba la recuperación, pero estaba allí, respiraba, estaba viva por el simple hecho de sentir.

Es allí cuando entendí que el sentido de la vida está en la gratitud, el reconocer el milagro de la vida que se esconde detrás de cada cosa: en el agua que corre, en el aire que respiramos, en el color de las flores, en todo, en absolutamente todo está el sentido de la vida, lo obviamos, es cierto, pero allí está, solo que debemos descubrirlo, agradecerlo.

En cada respiración hay un milagro repetido, es una maravilla que no vemos, pero ahí está, al entenderlo, cerré los ojos y dije: gracias, tan solo por estar ahí, cuánto valoré ese instante, estaba ahí, estaba presente.

La vida realmente es frágil como el cristal, pero infinita en su sentido. Tal vez lo entendí un poco tarde, pero lo entendí. Si alguna vez olvidamos su valor, basta con escuchar el silencio, parte invisible del sentido de la vida.

EL VALOR DE LA VIDA.

Debemos entender que la vida no se mide por los años, tampoco por los logros, sino por la conciencia que tenemos de ella.

Cada respiración, cada amanecer, cada instante de lucidez son regalos que solemos dar por sentado hasta que algo nos recuerda su fragilidad. Hay quienes buscan perfeccionar el cuerpo, sin entender que el cuerpo ya es un milagro. Hay quienes arriesgan su existencia por alcanzar otra imagen sin ver que lo más bello que poseen es precisamente, estar vivos.

El valor de la vida está en reconocerla como un misterio sagrado, en entender que no tenemos dominio sobre ella sino el privilegio de custodiarla. Cuando alguien se somete a un riesgo innecesario y casi pierde su alma en el intento. Se ha olvidado de que la vida no es algo que se mejora, sino algo que se honra.

Vivir es un acto de gratitud. Es respetar el don que nos fue dado sin pedirlo.

Es comprender que el cuerpo no necesita ser perfecto para ser digno. Ni el rostro hermoso para merecer amor. Quien valora su vida cuida su salud, su mente, su espíritu. Quien comprende el milagro de su existencia, vive con reverencia y todo en su entorno se ilumina con ese respeto silencioso por el simple hecho de estar aquí.

Entre tantas reflexiones que tuve en esa emergencia que me obligó a entrar a un quirófano, aun sin saber mis condiciones físicas, refiriéndome por ejemplo a como estaba mi tensión siendo hipertensa, o sin un previo examen de sangre, reflexioné en tantas personas, incluyendo amistades y familia quienes así por caprichos se someten a intervenciones quirúrgicas para cambiarse la nariz, o los labios o cualquier otro capricho arriesgando sus propias vidas desconociendo la fragilidad, que se nos puede escapar en un segundo.

Allí, tendida en esa cama en mis días de recuperación, entendí que la vida no puede medirse por apariencias, logros o posesiones. La vida tiene un valor en sí misma, porque es el don más grande que se nos ha concedido.

La vida es sagrada, alguna vez se lo escuché decir a mi querida abuela. En realidad, es sagrada desde su origen y debe ser cuidada, respetada y defendida en todas sus formas.

Sin embargo, eso no parece valorarlo la sociedad actual que ha perdido ese sentido profundo del respeto hacia su propia existencia.

Son muchas las personas que arriesgan esa existencia por motivos superficiales, olvidando que el cuerpo no es un objeto para modificar, alterar al gusto de cada uno, sino que es el cuerpo que alberga al espíritu.

Cuando alguien se somete a una intervención quirúrgica solo por vanidad, sin necesidad médica justificada, sin justificación real, está ignorando la fragilidad del milagro que posee.

No se trata de considerar los deseos humanos de verse bien o de mejorar, sino de reflexionar sobre los límites y las motivaciones.

La vida debe ser guiada por la conciencia, no por la presión social, ni por la moda. quien pone en riesgo su vida por una apariencia ha perdido de vista el principio moral más elemental: nada material justifica el desprecio por el propio ser.

Respetar la vida implica reconocer que todo acto tiene consecuencia. Implica amar lo que se es sin someterse a ideales que destruye la esencia interior. Una persona verdaderamente sabia o consciente, no busca perfeccionar su cuerpo, sino elevar su alma y quien comprende el valor de la vida implica a amar lo que es, sin someterse a ideales que destruye la esencia interior.

Quien comprende el valor de la vida vive con prudencia, con agradecimiento, con la certeza de que nada es más valioso que el simple hecho de existir.

El respeto por la vida comienza por uno mismo, quien no se respeta tampoco valora y respeta la vida de los demás. Por eso la primera norma en lo moral es el cuidado del cuerpo, la mente, los pensamientos y las decisiones.

La vida es un préstamo que no nos pertenece, somos sus custodios, no dueños y eso debe bastar para actuar con humildad, gratitud y responsabilidad ante el misterio de estar vivos.

Todas esas reflexiones las escribo en estos momentos luego de la inesperada realidad que viví al verme en cuestión de minutos de estar en mi trabajo tranquilamente y luego en una camilla que recorría con gran rapidez por el pasillo de aquel hospital hacia el quirófano donde lucharía por mi vida.

No fue por un capricho, jamás lo haría por ese motivo, tampoco por un cambio estético, fue por sobrevivencia, o me operaban o pude haber quedado con obstrucción urinaria y en proceso de diálisis, una realidad terrible y lamentable.

Así qué, valorando la vida con la seriedad del caso, con respeto a mi existencia, tomaron la decisión que acepté antes de que fuera demasiado tarde.

Ahora puedo responder a la pregunta que desde hace un tiempo me hacen mis amigos, colegas, hermanos y hasta mis propios hijos: ¿cómo es que, con 80 años cumplidos, tenga una apariencia de 60, con fortaleza, vigor, trabajando con normalidad? Y ahora agregan, que a esta edad mi recuperación ha sido excelente, con una rapidez de juventud.

Tengo la repuesta, ahora la se: he llevado una vida sana, sin vicios, valorando lo que soy sin abusar de mis condiciones físicas, a pesar de no haber sido lo bella que hubiera querido, jamás pensé en cirugías estéticas, Dios me hizo así, así seré, respeté el valor de cada uno a quien como profesional traté, en resumen: viví con mi conciencia en paz y aceptando todo aquello que la vida me presentara fuera bueno o no tanto, incluso ahora me detengo a reflexionar, sin saber que, a lo largo de mis años práctique el estoicismo, todo lo acepté con resignación, paz y calma.

¿Es esa la repuesta correcta a la pregunta de mi gente? No lo sé, pero sí sé, que esas 3 horas inconsciente en manos de extraños, pero sobre todo de Dios, del Universo, regresar y seguir con estos 80 años escribiendo tan inesperada experiencia para trasmitirla, es confirmarles la fragilidad de la vida, y lo hermoso que es descubrir su sentido y su valor para respetarla y honrarla.

LA FRAGILIDAD MORAL

En estos días durante la recuperación, ya en casa y con las atenciones de mi familia, he tenido mucho más tiempo para pensar, reflexionar y deducir sobre la fragilidad que en realidad es nuestra existencia, que como se dice popularmente, depende de un hilo.

La vida realmente es un soplo, un hilo invisible que nos sostiene en medio de su propio misterio, entendiéndolo así en esos momentos difíciles como en una mesa de operación, su fragilidad no debería ser motivo de miedo, sino de conciencia, pero yo lo entiendo ahora estando en casa luego de superar esa inesperada y súbita crisis de salud.

Al saber y entender que todo pudo cambiar en un segundo, que la salud, la fuerza o la juventud se puede perder en un instante, debería despertar en el ser humano un profundo respeto por el hecho mismo de existir, tal como nos ha sucedido.

Aquella persona, aquella periodista o escritora, como me quieran entender, no es la misma antes de ese proceso. Reconozco soy otra, tengo 80 años y los que me restan segura estoy los viviré con respeto, con agradecimiento y sobre todo con amor a este cuerpo tal vez un poco cansado, han sido años de un trajinar, pero que ahora lo valoro mucho más, lo cuidaré mucho más y definitivamente viviré con conciencia y cada minuto, cada hora, cada día, serán un hermoso regalo.

La fragilidad de la vida no es debilidad, es la base misma de la moral, porque solo quien comprende su vulnerabilidad, como lo hago desde ese día, puede valorar lo que tiene y actuar con sabiduría.

La moral nace cuando el ser humano reconoce que no es dueño de la vida, sino su guardián. En el momento que se cree absoluto, o invulnerable se vuelve irresponsable y arrogante.

Ese análisis reflexivo, me llevó a pensar sobre tantas personas, colegas, amigos y hasta familia, lo que hacen con sus vidas al creerse invulnerables, no saben lo equivocados que están, tal vez unas horas en el quirófano les enseñarían a valorar, respetar y agradecer su vida.

La fragilidad nos recuerda que dependemos unos de otros, que el dolor ajeno también puede ser nuestro y que cada decisión que tomemos afecta el delicado equilibrio que sostiene la existencia.

Quien entiende que la vida puede extinguirse en un instante, aprende a vivir con más humildad y compasión.

No hay virtud más alta que respetar la vida en todas sus formas. Pero ese respeto nace primero del reconocimiento de su fragilidad.

Si la vida fuera eterna o inquebrantable, no tendríamos necesidad de moral, se viviría sin límites, sin medida, sin conciencia. Es precisamente porque somos frágiles que aprendemos a cuidar, a valorar a no desperdiciar el tiempo y el cuerpo.

El sufrimiento, la enfermedad o la pérdida nos enseñan más sobre la vida que cualquier triunfo, porque nos devuelven a la verdad esencial que somos pasajeros en un camino donde cada día es una oportunidad que no se repite.

Ignorar la fragilidad de la vida conduce al exceso y a la insensatez. Quien vive como si nunca fuera a morir arriesga su existencia por vanidades o deseos pasajeros.

Esa falta de prudencia no es solo un error, sino una falta moral, porque deshonra el don más sagrado que hemos recibido. Respetar la vida significa actuar con consciencia, evitar todo lo que la degrade o la ponga en peligro. Y asumir que el cuerpo, aunque vulnerable, es el instrumento que nos permite realizar el alma.

Por eso la verdadera fortaleza no está en dominar sino en cuidar. El ser humano se engrandece cuando acepta su fragilidad y la transforma en compasión, en respeto, en amor, así lo he sabido en teoría, pero ahora lo ratifico y lo confirmo.

Solo así la moral adquiere sentido cuando se funda en el reconocimiento de que vivir es un privilegio y una responsabilidad.

Comprender la fragilidad de la vida no debilita el espíritu, lo ennoblece, nos hace mejores, más humanos, más conscientes del milagro que somos.

Me he considerado una persona sensible, tal vez por eso la profesión que escogí, pero esta sensibilidad de ahora supera toda la anterior y es mi interés que entiendan lo frágil que es estar aquí, que en cualquier momento ya no más, entonces respetemos, amemos, defendamos nuestro cuerpo, agradezcamos cada minuto, ayudemos a otros a entender todo eso. Nosotros lo adquirimos por experiencia a los 80 años, pero trato de trasmitirla a quienes me rodean, y a través de este libro, a quienes me lean.

RESPETO A LA VIDA

Respetar la vida es reconocer su carácter sagrado. No se trata solo de quitártela, sino de no degradarla, ni en nosotros, ni en los demás.

La vida no nos pertenece solo se nos ha confiado. Somos administradores de un don, no dueños de él. Por eso el respeto a la vida implica cuidar lo que somos, actuar con prudencia y conciencia y honrar el cuerpo y el espíritu que nos han dado.

Hoy vivimos tiempos donde el respeto por la vida parece desvanecerse, se manipula el cuerpo como si fuera un objeto, se lo marca, se altera, se somete a riesgos innecesarios por motivos estéticos o por moda.

No se piensa en el milagro de estar vivos, sino en como lucir mejor ante los demás. Esa superficialidad no solo empobrece el alma, sino que constituye una falta de respeto hacia la existencia misma.

El cuerpo humano no es un lienzo, para las modas, ni un laboratorio de vanidades. es el templo donde habita el espíritu y como todo templo debe ser cuidado, preservado y venerado.

Quien se mutila, quien se expone a peligros por apariencia, quien abusa de su cuerpo o lo degrada por placer, olvida la dignidad de su propia vida. No se trata de juzgar, sino de recordar que cada acción sobre el cuerpo tiene una resonancia moral.

Cuando el ser humano se distancia de su esencia termina profanando aquello que debía custodiar con amor.

El respeto a la vida también se extiende a nuestras palabras, a nuestros pensamientos y a nuestras decisiones. Una palabra puede herir tanto como una herida física, un pensamiento negativo puede envenenar el alma. Respetar la vida es vivir con equilibrio, con moderación, con gratitud, es evitar los excesos que conducen a la autodestrucción, sean físicos, emocionales o espirituales.

La falta de respeto hacia la vida comienza siempre con la falta de respeto hacia uno mismo.

Cuando el ser humano pierde el sentido de su valor interior busca compensarlo en lo exterior, en adornos, en modificaciones, en placeres fugaces, pero la verdadera belleza no necesita ser fabricada, emana del alma en paz.

Solo quien respeta su vida puede respetar la de los demás porque ha comprendido que cada ser vivo, cada forma de existencia comparte la misma fragilidad sagrada.

Respetar la vida es en última instancia es una forma de amar. Amar sin destruir, sin dañar, sin abusar, amar cuidando todo lo que respira.

En un mundo que se precipita hacia la superficialidad, recuperar el respeto por la vida es volver a la fuente de la moral, al origen de toda virtud y ese camino comienza en el interior de cada ser humano cuando se detiene a mirar su propio cuerpo.

Exactamente, así fue, en esos precarios momentos cuando te ves débil, indefenso, en un mar de incertidumbre, cuando realmente valoras cada minuto que vives en ese instante, por tu mente pasan una infinidad de pensamientos y situaciones, incluso aquellas que pensabas estaban olvidadas y es cuando miras a tu interior con preguntas como, ¿qué hice con mi vida? ¿estoy realmente cumpliendo con la misión? ¿me darán otra oportunidad? Y mientras lentamente te llevan a ese limbo donde estarás y harán en ti lo necesario para salvaguardarte, queda todo a un lado, preguntas, reflexiones, posibles cambios, sencillamente quedas suspendida en el tiempo y el espacio y por esas 3 horas, como fue en nuestro caso, estás prácticamente fuera de este mundo, para unos anestesiada, para otros como para tu familia, estás dormida, pero para ti misma no eres nadie, ni nada, sencillamente un cuerpo a expensas de otros, algo así como resignada a lo que suceda.

¿Ves entonces lo frágil que es la vida? Efectivamente, es muy frágil, y en esa fragilidad no vale tener mucho dinero, o ser un personaje importante, vivir entre riquezas, lujos y mansiones, o en una casa humilde con mucha escasez, allí en ese instante de pasar a estar a no estar, todos somos exactamente iguales: un ser, un simple humano a quien le dieron la oportunidad de vivir.

En el momento que escuchas tu nombre, bajo aquellas potentes luces y frente a seres que apenas ves sus ojos, ese sencillo acto, en ese momento, lo sientes maravilloso, casi milagroso iniciando el reconteo de tu vida de los momentos por venir.

Pero ¿si no es así?, a esas personas que apenas se le ven sus ojos, no las escuchas, repiten y repiten tu nombre, pero no las escuchas, sigues en tu limbo, y al final definitivamente te has quedado en ese limbo, estas en el límite entre la vida y el silencio profundo, entre el cuerpo que no responde y el alma que parece flotar en un plano que te desconcierta. Es esa frontera invisible donde el espíritu todavía no se ha ido, pero ya no pertenece del todo a este plano terrenal.

Te llamaron, pero tu cuerpo no respondió. Ese sonido parecía venir desde muy lejos y crees atravesar una niebla muy densa, que no logras superar.

Allí en ese momento, todo se detuvo, el tiempo, el pensamiento, el pulso mismo. No hay dolor tampoco miedo, es algo ambiguo, extraño.

Dicen los médicos que es un estado vegetativo, un silencio del cuerpo. Pero en realidad no es silencio, es un espacio entre dos respiraciones entre la materia y el alma.

Allí el espíritu flota suspendido, miras tu cuerpo que aun te pertenece, pero no te obedece. Es lo que he llamado en muchos de mis libros, el umbral, donde la vida se vuelve aún más frágil, tan frágil que te pueden traer de regreso o tal vez no y partes definitivamente.

Es allí cuando comprendes que la vida no nos pertenece, que basta un segundo, una falla humana para que todo se apague, ese hilo de luz que nos mantiene aquí, pero por un leve descuido, se rompe mientras tu insistes en regresar y tal vez lo logres, pero puede que no sea así.

Entonces al regresar comprendes que vivir no es solo respirar, sino escuchar esa voz que nos llama desde el silencio.

Es responderle, es regresar con gratitud porque al borde del abismo cuando el cuerpo duerme y el alma flota uno entiende que la vida es el regalo más frágil y el más sagrado.

Esa ha sido la experiencia de una buena amiga, que hoy escribimos meses después de su despertar. Ella se sometió a una cirugía estética de senos.

Fue un día cualquiera cuando tomó esa decisión, sin la aprobación de su madre, de su esposo y de su joven hija de 14 años.

Contra viento y marea y a un alto costo económico, ella entró a quirófano para mejorar estéticamente su pecho. Llegó lo inesperado: pasaban las horas, muchas horas y la familia sin noticias. Sabían que la operación requería de varias horas, pero no de tantas.

Al hacer el reclamo su madre y su esposo por la falta de explicación luego de tanto tiempo esperando, aquel personal médico llegó con la fatal noticia: ella no ha despertado de la anestesia.

Aquella madre cayó al suelo casi desmayada, sus gritos se escucharon en todo el hospital. Su hija, la chica muy hermosa, pero caprichosa, que el ser muy linda no le fue suficiente, quería lucir hermosos senos en una de esas falsas y equivocadas decisiones y ahora permanecía dormida, luego de largas horas aun continuaba sin reaccionar, inerte en aquel quirófano testigo silencioso del fatal error del anestesiólogo.

Pasaron muchas horas más, llegó la decisión: ella está en estado vegetativo. El mundo y aquel hospital parecía haberle caído encima a su señora madre y a la pequeña hija quien aún no entendía eso de "estado vegetativo", tan solo entendió que su madre estaba muerta, estando viva. Así lo comprendió, no de la manera más científica.

EL LARGO SILENCIO.

No fue una situación fácil para ellos su familia, ni para los médicos, el anestesiólogo responsable, la directiva del hospital. Aquello fue toda una tragedia. Fueron meses de un largo silencio.

Ella estaba allí con sus ojos cerrados, respirando apenas ayudada por aquellos raros aparatos.

La vida parecía haberse escondido en algún rincón de su alma. Su cuerpo estaba allí, pero parecía no estar realmente, ningún gesto había que demostrara que su espíritu desde lo lejos quisiera regresar.

Fueron largos días de angustia, incertidumbre de una madre, una hija y un esposo que pasaban días, que luego se convirtieron en semanas y más tarde en meses, que con paciencia, fe y confianza esperaban el milagro que cada vez se alejaba más.

No era muerte, tampoco vida completa, era un profundo silencio repartido entre dos mundos, que ninguno de los dos percibía sus seres queridos.

Cada llamado de su nombre era una súplica, una esperanza, la voz de su madre, de su hija, del esposo y de los médicos se estrellaban contra un cuerpo rígido. Sin embargo, ellos sentían que los escuchaba desde algún lugar donde estuviera, tal vez del velo donde habita el alma cuando el cuerpo ya no responde.

Allí en esas largas horas inmóvil se reveló la verdad más grande: que frágil es la vida. Basta una decisión tomada sin reflexión, un gesto de vanidad, un momento de descuido para que todo cambie tal vez para siempre.

La vida no se mide por su belleza exterior, sino por la conciencia que tenemos de su valor y cuando se la arriesga por lo superficial, la existencia misma se detiene reclamando respeto.

Mirarla allí inerte por largas horas e incontables días, era mirar la línea tenue que separa el ser, del no ser. Entender que la vida no nos pertenece que es un don prestado una llama que debemos cuidar con amor y respeto.

En ese silencio donde el cuerpo duerme y el alma parece flotar, uno aprende lo que ningún libro, ni personaje alguno enseña: cada respiración es un milagro.

Despertar, abrir los ojos, volver a escuchar una voz, es volver a nacer.

Ese largo silencio insoportable es la repuesta a decisiones mal tomadas, a vanidades innecesarias, al irrespeto al tiempo que nos prestan, a un acto de soberbia, es decir a una vida tomada a la ligera, sin conciencia, sin el valor que en verdad tiene.

En el caso de nuestra amiga, un hecho real que lo vivió su familia, sus amistades y profesionales que lo consideraban como estudio para su propia experiencia, fue realmente impresionante.

En algún momento se le planteó a la familia retirarle los aparatos que la mantenían aún de cierta manera conectada al mundo físico. Planteamiento que la familia rechazó de manera determinante. Eran muchos meses en esa triste realidad, pero allí estaba ella aun, luchaba por volver seguramente en su interior, en ese pequeño contacto que aun mantenía, no se entregaba por completo, había esperanza, con fe deseaban su regreso. Y en esa posición se mantuvieron firmes. De aceptar la propuesta, ya daban por sentado la donación de sus órganos y es ese momento cuando expresaron tal decisión, que más firmes que nunca, ellos estarían allí con ella, seguros que retornaría que saldría de ese limbo a pesar de la opinión profesional que negaba toda posibilidad de un despertar en ella.

Corría el cuarto mes, allí a su lado, su madre, su hija y su esposo, nunca la abandonaron, nunca perdieron la fe, cuando aquella tarde mientras los rayos del sol entraban por el ventanal de la habitación llegando directo a su cara, en ese instante inesperado nuestra amiga, se movió, dio muestra de un despertar, ella regresaba de su viaje, comenzaba a tomar conciencia de la oportunidad de seguir en el plano terrenal.

Médicos, enfermeras y curiosos corrieron a su habitación para presenciar lo que consideraban un milagro, la chica linda despertó gritaban a voces todos aquellos que no creían en milagros, ni en tal reacción después de ese muy largo silencio.

Sin embargo, tal vez por la constancia de la familia y amistades, por la fe misma, ella despertó, sí despertó, ¿fue así nomás y su vida continuaría?

Realmente no, ella solo reaccionó, pero no era ni lo sombra de lo que fue. Despierta si, reconociendo a su gente, sí, pero aquella chica hermosa que no necesitaba aquellos senos, y se sometió a esa operación estética, estaba muy limitada, había perdido muchas de sus facultades, según los médicos que la trataron, despertó, pero con seria lesión cerebral, muchas neuronas anuladas.

Desde ese momento a este que vivimos, han pasado otros 4 meses y continúa muy limitada, con fuertes terapias en busca de lo perdido, pero el ritmo es lento.

Creemos que ella es el ejemplo claro del respeto que le debemos tener a la vida, a nuestro cuerpo donde mora el espíritu, aceptarnos como somos, querernos por el solo hecho de estar vivos, jamás poner en riesgo tan preciado regalo, la vida es un obsequio, pero frágil, muy frágil, y esta amiga nuestra lo ha entendido demasiado tarde, reconoce que siendo tan linda, tan querida y tan bendecida, por vanidad, tan solo por vanidad, no se debe entrar a un quirófano, no se debe exponer a cualquier falla, a cualquier pequeño error, porque definitivamente la vida es demasiado valiosa para arriesgarla por nimiedades.

Ahora bien, esta realidad, esta experiencia de nuestra amiga, ¿se puede considerar un castigo, una pena por su mala decisión?

Muchos tal vez así lo vean como un castigo y lo paga con su propio dolor ante una elección equivocada. Pero creemos que la vida en si no castiga, la vida corrige, enseña, despierta.

Cada uno de nosotros transitamos por senderos que no siempre entendemos y a veces las lecciones más profundas llegan envueltas en silencio y hasta en lágrimas.

Ella, la amiga, no recibió castigo, fue alcanzada por la realidad de la existencia, esa que nos recuerda lo frágiles que somos y lo poco que valoramos el milagro de estar vivos.

Tampoco fue una venganza de la vida, sino una advertencia del alma de que todo lo que somos debe ser cuidado con respeto, que no hay cuerpo que pueda ser tratado como una cosa cualquiera, ni decisión que no tenga consecuencia.

Tal vez su experiencia no vino solo por ella sino también por nosotros, los que miramos, los que sentimos y comprendemos a través de su historia, su silencio prolongado nos habló más fuerte que mil palabras y demás explicaciones.

Nos enseña su caso que la vida no tolera el descuido, que el cuerpo es sagrado y que ningún deseo efímero vale tanto como el simple acto de respirar.

No fue castigo, fue un espejo, un recordatorio del amor que debemos tenernos, de la prudencia que debemos ejercer y el respeto que debemos profesar ante ese don tan frágil que llamamos vida.

Lo de ella fue algo muy doloroso para todos quienes la queremos y apreciamos, sin embargo, desde una mirada moral y espiritual profunda no debemos entenderlo como un castigo.

La vida, Dios, y el universo no castigan. La vida enseña, a veces con lecciones duras, pero no por crueldad sino porque busca despertar conciencia, humildad y amor en nosotros.

Tampoco se puede decir que fue un pase de factura, sino un llamado silencioso, una experiencia límite donde la fragilidad humana se revela con toda su verdad.

Hay momentos cuando el alma por caminos que no comprendemos elige atravesar pruebas que tocan no solo a quien las vive, sino también a quienes la rodean.

Definitivamente son experiencias que mueven, que transforman, que despiertan sensibilidad y reflexión en otros. Creemos que este fue el caso de ella que, en su interior, en su silencio, así lo debe reconocer. Una equivocación que paga a un alto precio.

Nuestra experiencia en relación con entender lo frágil que es la vida, lo delicado de nuestro cuerpo, nos lleva a cuidarnos más, a no tomar pequeños malestares con ligerezas, en eso también va el respeto a la vida a nuestro cuerpo.

Es tratar de mantenerlo sano, equilibrado, no dejar para un después aquellos dolores que aparecen repentinamente en nuestro cuerpo, o tratarlos automedicándonos tal como en nuestro caso.

Aquel dolor en la parte del riñón derecho, lo calmaba con uno de esos medicamentos acostumbrados, como lograba el objetivo, continuaba en mi faenan sin prestarle mucha atención.

Poco a poco el dolor fue aumentando y de manera sostenida. Ese era un "alerta" que mi cuerpo, mi riñón me enviaba. No le presté la debida atención y fue así cuando después de algún tiempo, el mismo riñón me reclamó, me colapsó y allí el traslado urgente al hospital con las consecuencias ya narradas y sobre todo sentida.

RESPETO A LA VIDA

Una de las mayores carencias de la humanidad es que el respeto a la vida no forma parte de su cultura.

No se enseña en los hogares, no se enseña en las escuelas y con frecuencia, ni siquiera en los templos, las religiones obvian tan importante acto, necesario para mantenerse por el camino correcto.

En algunas familias, por tradición o por nivel social, ponen en práctica algunas reglas, sobre todo en sus hijos, en la juventud, impidiendo y hasta con prohibición estricta el uso de sarcillos, tatuajes y modificación de sus rostros. En nuestra sociedad lo vemos en la clase media alta, o en la élite, sin embargo, en la juventud de clase media baja o en la clase humilde, sobre todo en los varones, es casi una moda, una tradición, tatuarse brazos, el pecho y en algunos casos en gran parte del cuerpo.

Tatuajes incluso propiciados por deportistas famosos, artistas, quienes lo imponen como moda, en unos casos y en otros sencillamente por imitación.

No existe en ellos una educación y una explicación del por qué no deben profanar un cuerpo que es culto del espíritu, que dañan su piel, que esas pinturas más adelante pueden traer serias consecuencias en su salud y generalmente sin un retorno.

En nuestra sociedad crecemos aprendiendo a competir, a tener éxito, a destacarnos, pero no se nos enseña a cuidar nuestra vida, nuestro cuerpo que es como un templo que debemos venerarlo, protegerlo en nosotros y en los demás, solo en casos extraordinarios o en situaciones sorpresivas y cuando nos vemos en peligro, reaccionamos, consideramos el cuidado que debemos tener, la importancia que tiene el tener un cuerpo no solo sano, sino totalmente normal, pero en líneas generales, la gran mayoría de nosotros no tiene conciencia de la importancia que tiene mantenernos sanos y para eso debemos evitar excesos, hechos fuera de lo natural.

La educación moderna instruye la mente, pero olvida el alma. Las religiones predican dogmas, pero pocas enseñan a vivir con reverencia ante la existencia.

Las culturas veneran los símbolos del poder, la belleza o el dinero, pero casi ninguna venera la vida misma, por eso el ser humano se ha vuelto capaz de destruir, de contaminar, de dañar su propio cuerpo o el del planeta sin sentir culpa, porque nunca se le enseño que la vida es sagrada.

Por qué nunca en ningún nivel de la educación desde la primaria hasta la profesional, se nos enseñó el respeto a la vida que debería ser la base de toda civilización, sin embargo, ese espacio vacío que allí está las sociedades lo han reemplazado por la búsqueda del éxito y el placer y cuando una cultura olvida lo sagrado inevitablemente cae en la violencia, en el egoísmo, en la indiferencia, y en eso estamos, en palabras coloquiales como "sálvese quien pueda" tomando a la ligera una realidad que cada camina a su propia destrucción.

Vivimos una época donde el cuerpo dejó de ser templo, algo sagrado, la naturaleza dejó de ser nuestro hogar y nosotros dejamos de ser hermanos, para ser rivales, casi enemigos, lo que seremos en poco tiempo y tan solo toquemos lo político todos contra todos.

De toda esta realidad de la que hablamos en referencia al poco respeto que hoy se tiene sobre conservar la vida, templo de nuestro espíritu, respetarla, solo algunas tradiciones antiguas han conservado ese principio esencial: el respeto a la vida y a todo lo que nos rodea que forma parte de ella, nos referimos al budismo que enseña que todo ser viviente merece respeto., que toda forma de vida es expresión del mismo espíritu.

En su creencia dañar a otro es dañarse a si mismo porque todos compartimos una misma energía vital. Esa sabiduría tan simple y profunda debería ser universal. Sin embargo, son muy pocos quienes reflexionan de esa manera, con esa sabiduría sobre la base de todo que es la vida.

Si las escuelas enseñaran a los niños que su vida y la de los demás son sagradas, si las religiones recordaran que Dios se expresa en todo lo que respira, si las naciones cultivaran el respeto por la existencia antes que el deseo de dominio, el mundo sería otro.

El respeto a la vida no debería ser una excepción espiritual sino la primera lección moral de toda cultura.

Desde una perspectiva moral y espiritual, si puede considerarse una falta de respeto a la vida todo aquello que degrade o dañe el cuerpo de manera consciente ya sea a través de adicciones, abusos, mutilaciones o excesos.

Sin embargo, es importante distinguir entre lo que surge del dolor o la inconsciencia y lo que proviene de un acto plenamente consciente y simbólico,

Por ejemplo, hay personas que se tatúan no por vanidad, ni moda, sino como una forma de expresar un recuerdo, una promesa, una huella espiritual.

En esos casos el sentido interior trasforma el acto ya no es simple marca, sino símbolo.

Pero cuando el cuerpo se usa para la autodestrucción a través de las drogas, los excesos, las cirugías innecesarias o las modificaciones externas, si se rompe el equilibrio moral porque se está atentando contra la armonía natural de la vida, no es un castigo lo que sigue, sino la consecuencia inevitable de haber olvidado que somos custodios de algo sagrado. La vida no solo se respeta con palabras, sino con actos.

Respetarla es cuidar el cuerpo, proteger la mente y conservar la pureza interior. Cada decisión que tomamos sobre nosotros mismos tiene un valor moral, porque el cuerpo no es un objeto del cual disponer a capricho, es el templo donde había el espíritu.

Por eso cuando el ser humano marca su cuerpo sin conciencia, lo degrada con excesos o lo hiera con adicciones esta profanando su propio santuario.

Los tatuajes hechos por vanidad o modas, las cirugías innecesarias, el consumo de drogas, o de alcohol, son manifestaciones del olvido. Olvido de quienes somos, de donde venimos y de lo que se nos ha confiado.

No se trata de juzgar, sino de despertar, de recordar en cada herida en cada sustancia, que altera la conciencia, cada abuso del cuerpo, va en contra del respeto a la vida que fluye en nosotros. Cuando el alma se desconecta del cuerpo se convierte en territorio de abandono, y cuando se pierde el sentido del cuidado la existencia se vuelve una forma lenta de autodestrucción.

Respetar la vida significa vivir en armonía con ella, no dañarla, no distorsionarla, no usarla para la vanidad o el placer pasajero.

Significa comprender que el cuerpo es prestado y que tarde o temprano lo devolveremos.

Quien ama su vida, la cuida, quien la respeta la ennoblece porque el respeto no se demuestra con palabras sino con la dignidad de cada acto.

Estas experiencias que aquí comentamos y nos ha traído a este punto poco tratado en literaturas y libro científicos, luego de la experiencia vivida en aquel quirófano hace unos días atrás, sabemos que para la mayoría será letra muerta, sin darle la importancia necesaria, sin embargo quede nuestra conciencia un poco más tranquila, en cumplir el mensaje que de manera especial llegó a nosotros en esas 3 horas difíciles y hoy como periodista y tratando de ser escritora, dejó para todos esperando que en los años por venir y consciente como estoy que el mundo seguirá rumbo hacia su autodestrucción, al final habrá un radical cambio y sea este tema sobre el respeto a la vida, lo frágil que es y lo seguirá siendo y el poco tratamiento que a nivel educativo se le ha dado y por ello las consecuencias que ya las vemos y seguirán en aumento, sea considerado como tema esencial en las futuras generaciones tanto en textos escolares, en tesis de graduación, pero también en las leyes que forman parte de la cultura de las naciones y sobre todo en los dogmas religiosos y definitivamente se siembre en la conciencia de la humanidad el respeto a la vida, al cuerpo humano considerando lo frágil que es.

¿EL DESPRECIO A LA VIDA?

En apariencia, el suicidio y el aborto podrían verse como un desprecio a la vida, pero la realidad es más compleja, ambos actos nacen, casi siempre no de la maldad humana, sino de la desesperación, del miedo, de la soledad o de un dolor emocional tan grande que la persona siente que no puede sostenerlo.

El desprecio verdadero hacia la vida suele ser frío, indiferente, inconsciente, pero quienes llegan al suicidio no desprecian la vida, sufren demasiado como para poder verla.

Y quienes enfrentan un aborto, un embarazo no deseado, traumático, peligroso no siempre actúan por rechazo a la vida, sino atrapadas en circunstancias dolorosas y límites, que nadie ajeno puede comprender.

Por eso antes de hablar de desprecio debemos hablar de ausencia de apoyo, de falta de redes emocionales. De sistemas sociales que no cuidan el alma humana.

El verdadero problema no es la decisión final, sino todo lo que no ocurrió antes, el apoyo al escucha, el acompañamiento, la contención, el dialogo, la educación emocional.

EL SUICIDIO

El suicidio no es un acto de rebeldía ante la vida, es un grito mudo que llegó demasiado tarde. Es un alma que no encontró luz en su camino.

Desde una perspectiva moral, si puede considerarse una ruptura del respeto a la vida., pero no el desprecio en sí, sino por el agotamiento.

La persona no rechaza vivir, lo que rechaza es el sufrimiento insoportable. Por eso la mirada moral no debe ser condenatoria sino profundamente compasiva.

Un libro. Como este, que habla por la vida debe dar un mensaje claro: El suicidio no es un pecado, es un fracaso de la sociedad que no supo abrazar a quien lo necesitaba.

Existe la idea que el suicidio aparece más destacado en la clase social baja, pero según empresas serias en salud o estadísticas, así no es la realidad.

En todas las clases social se producen suicidios, lo que cambia son las razones y los factores de riesgos.

En la clase con menos recursos se observa con frecuencia que el motivo para suicidarse son por depresión sin tratamiento, sin apoyo, como la pobreza crónica, la falta de apoyo psicológico, el desempleo y el estrés por sobre vivencia. Es decir, el acceso limitado a ayuda y a las propias condiciones de una vida más duras, más difícil, le abre el camino a una solución rápida como el suicidio.

Mientras que, en la clase media, las causas generalmente son otras: estrés laboral, sensación de fracaso, deudas, rupturas familiares, presión social entre otros motivos.

En todo caso en la clase media se logra un mayor apoyo, se tiene acceso a soluciones económicas como prestamos, apoyo bancario, apoyo de la familia, consejos de personas profesionales, etc. hay caminos para la solución sea cual sea, respuestas que en la clase baja o no existen, o son muy escasos los apoyos.

Sin embargo, entre los miembros de esta clase que es generalmente la más alta numéricamente, existe el "fantasma" de poder con todo y no pedir apoyo favoreciendo a la decisión del suicidio.

En tanto que, en la clase alta, las causas, los motivos son más fuertes: la desesperanza existencial, lo llegan a tener todo y pierden la motivación para seguir viviendo, dando como resultado un vacío emocional, adicciones, presión interna intensa y vidas muy solitarias, obteniendo como resultados para resolver tal soledad o una vida completa donde lo tiene todo, el suicidio.

En conclusión, el suicidio no tiene clase social, tiene heridas internas, vacíos no atendidos y falta de apoyo.

Podemos deducir que la desesperación no distingue clase social y es allí cuando se toma la fatal decisión de acabar con la vida, hecho muy frágil como lo hemos señalado.

LA AUTODESTRUCCION

El instinto primario del ser humano es la conservación, ese es biológico. Pero existe algo más complejo, que no es un instinto, pero sí un impulso psicológico que puede volverse autodestructivo, que Freud lo llamó "pulsión de muerte", una tendencia inconsciente del ser humano hacia la autodestrucción, el agotamiento y la renuncia. Patrones que llevan a hacerse daño, o tal vez agotamiento emocional profundo, sentir que el dolor supera la capacidad de resistir.

Entonces podemos pensar que ¿existe un instinto de autodestrucción?

No como instinto biológico, pero si existe una fuerza psicológica que cuando la vida se vuelve insoportable empuja a la renuncia, a dejar todo atrás.

Las causas son muy parecidas a las del suicidio, pero no es que desea morir, sino que quiere dejar de sufrir.

Sinceramente que la vida es tan frágil que en ciertos momentos el dolor interno nubla la mente, los sentimientos y todo lo demás. Por eso es muy importante tener siempre un propósito, sembrar nuevas esperanzas, evolucionar. En otras palabras, reaccionar con firmeza ante el desafío de agotamiento físico o moral.

En el caso del aborto la discusión es más compleja, porque se cruzan la filosofía, la ética, la biología, los derechos humanos de la mujer, la salud y las situaciones personales.

Pero desde las perspectivas del respeto a la vida que plantea este libro, si puede decirse que el aborto implica una interrupción deliberada de un proceso de vida.

Con frecuencia es una decisión marcada por el miedo, la pobreza, el abandono, la violencia o los riesgos médicos.

Muchas mujeres lloran antes y después y no lo viven como una acción ligera o irresponsable. Por eso en vez de juzgar debemos decir que es una falla de la sociedad cuando obliga a la mujer a elegir entre su vida y su paz emocional.

La falta de respeto a la vida no está en la mujer, sino en la cultura que no le da apoyo, educación sexual adecuada, estabilidad, ni una red humana que la acompañe.

En un libro como este que busca exaltar la vida como valor sagrado podemos decir que si tanto el suicidio como el aborto, son rupturas del flujo natural de la vida, pero no son actos de desprecio, son actos donde la vida ya ha sido herida.

En ambos casos la responsabilidad moral no debe caer sobre la persona que toma esa decisión, sino sobre la sociedad, la familia o la cultura que no pudieron ofrecerle apoyo.

La verdadera falta de respeto a la vida no ocurre en el último minuto, sino en todos los momentos previos donde un ser humano no recibió apoyo, comprensión, contención o amor.

Vivimos en una época donde materialmente lo tenemos todo, pero espiritualmente nos falta casi todo. Casi nadie lo dice en voz alta, pero el mundo moderno ha creado una tormenta silenciosa donde millones de personas caminan hacia el borde un precipicio.

El suicidio más que un acto individual, es la expresión más dramática de una sociedad que ha perdido el rumbo, el sentido y la oportunidad moral.

No se trata de juzgar a quien se quita la vida, se trata de preguntarnos por qué llegó hasta allí sin que nadie pudiera detenerlo.

Hoy el suicidio no es solo un drama personal, es un espejo que refleja el fracaso de una cultura entera.

Hoy tenemos una vida sin sentido, es la herida invisible del mundo moderno.

El ser humano necesita saber para qué vive, hacia donde va, que propósito lo empuja cada mañana al levantarse. Pero resulta que esta época ha vaciado el alma, muchos se sienten perdidos entre la falta de propósito y la incertidumbre.

El ruido, la prisa, el exceso de información, las redes sociales, la cultura del éxito inmediato todo eso ha creado una generación que lo tiene todo menos un propósito.

La persona se siente sola, aunque esté rodeada de gente, la tristeza aparece, aunque "todo este bien." Y la vida que debería sentirse sagrada, profunda, significativa, se vuelve una carga pesada.

El suicidio emerge cuando la vida pierde su luz interna, cuando queda vacía en todos los sentidos.

Es la renuncia, no a la existencia. sino al dolor insoportable de no encontrar sentido, ni propósito.

Una sociedad que se respeta cuida la vida, escucha, abraza, acompaña. La nuestra en cambio ha normalizado la indiferencia, cada quién encerrado en su propia angustia, las personas ya no miran a los ojos, ni saludan, ni preguntan cómo están.

Y quien se siente roto por dentro piensa que no hace falta, que su ausencia no se siente. Que su vida no importa, que su dolor no tiene lugar.

Ese sentimiento es el verdadero enemigo de la vida, no el suicidio en si sino la sociedad que lo precede.

La sociedad que no protege emocionalmente a su gente está sembrando una semilla peligrosa, la idea de que la vida es descartable, prescindible, sustituible, y un mundo así se dirige hacia un final desconocido y potencialmente fatal.

Si la cultura sigue alejándose de la moral del sentido de respeto por la vida, el peligro no es solo individual, es general.

Detrás del suicidio viene: la violencia, el desprecio al cuerpo, el odio social, las adicciones, la desconexión familiar, la banalización de la muerte.

Una sociedad que no ama la vida se autodestruye y en ese camino ya estamos.

¿Todo está perdido? ¿Podemos regresar al valor sagrado de estar vivos?

Nada cambiara sino recuperamos dos cosas esenciales:

La capacidad de escuchar el dolor del otro

La conciencia de que cada vida es un regalo irrepetible

Cuando llegamos a este punto sobre el posible desprecio a la vida, que formaría parte de lo ya considerado como el respeto que se le debe tener, se explicaría o se ilustraría más claro con ejemplos de cientos de casos donde la humanidad arriesga su existencia, a pesar de saber lo delicado y frágil que es perderla por pequeños errores, por malas decisiones o por ligereza.

Hay muchos e intensos casos y en este punto viene a nuestra memoria un caso, un hecho que vivió el mundo entero.

Fue por el año 1988, tenía pocos meses de haber dado a luz mi cuarto y último hijo y aquel evento suscitado lo sentí intensamente tal vez porque los involucrados fueron 12 niños de Tailandia, y siendo madre aquella situación me impresionó tanto que por esos días sentía como si alguno de ellos fuera uno de los míos pensando entonces en aquellas 12 madres que vivían días tan terribles.

Esos 12 niños, realizaban un paseo guiado por su entrenador deportivo hacia la famosa caverna Tham Luang, donde pasarían algunos días experimentando sobre otra manera de vivir y disfrutar de las bellezas naturales tanto de la caverna como de su entorno.

No era un paseo cualquiera como permanecer unos días en la playa, en la montaña a escasa distancia de la civilización, sino en una cueva o caverna con la incógnita de hechos imprevistos por ser precisamente un lugar de difícil acceso, algo inhóspito.

Lo imprevisto no se hizo esperar a los dos días de estar allí, comenzó a llover fuerte provocando la crecida del rio interno que con el paso de las horas aumentaba su caudal y cada vez fue más intenso y allí la vida de esos niños corría serio peligro siendo la única manera de salir atravesar bajo el agua los muchos kilómetros que ya habían recorrido hasta el punto donde se encontraban.

Sin embargo, esos niños entre los 8 y 12 años no estaban en capacidad de lograr tal hazaña. La comunidad de Tham Luang conociendo la tragedia que se vivía en la cueva, solicita ayuda urgente y el hecho se hace del conocimiento del mundo entrando en su fase definitiva para lograr salvar a esos chicos.

Definitivamente la salida es bajo el agua recorrer los kilómetros necesarios hasta llegar a un lugar para emerger. Los chicos así jamás lograrían sobrevivir.

Es cuando hace su presencia el doctor Richard Harry el más destacado anestesiólogo del país quien propone el plan de anestesiar a los niños y con ayuda de busos sacar a uno por uno, el recorrido total es de 14 kilómetros.

Era la única manera de sacarlos a todos vivos, así que se organiza y se activa el plan. Llegaron los mejores busos provenientes de diferentes países. La Cruz Roja, médicos, paramédicos, mucho personal de apoyo. Organizar todo ese rescate mientras los niños ya presentaban signos de desnutrición, cansancio, desmayos y pánico.

El plan consistía en anestesiar a cada uno de los niños, mientras un buso los llevaba por esos 14 kilómetros bajo el agua y la intensa lluvia que no cesaba.

Así se hizo, uno por uno, fue rescatado. Todos se salvaron incluso el entrenador. Ha sido una de las hazañas más importante en la salvación de vidas humanas. La vida de 12 niños, más el entrenador, quienes estuvieron en serio riesgo al tomar una decisión como esa en un lugar con tan inseguro y desconocido, casi inaccesible, sin medir las posibles consecuencias. Un evento planificado para varios días en la cueva sin el estudio y las precauciones del caso.

No hubo mala intención lógicamente, pero sí mucha ligereza que se puede considerar no tenerle respeto a la vida, no tomarla con la debida seriedad, mucho más tratándose de niños como sus protagonistas.

¿Ha sido único ese caso de tomar con poca seriedad, respeto y responsabilidad el conservar la vida?

Claro que no, son cientos de eventos que han terminado con la perdida de vida de cientos de personas, porque definitivamente se impone el fanatismo, el egocentrismo, el narcisismo y en fin el poco valor que le dan a su propia vida, ese regalo maravilloso, único donde habita el espíritu.

Es en el alpinismo donde más se pone de manifiesto esa falta de respeto y el valor de la vida. Creemos que, en la práctica del alpinismo considerado como deporte, tendríamos que discutirlo seriamente, es allí donde más se expone la vida, donde poco les interesa conservarla, si el deseo, o el ego es superior.

Mencionemos rápidamente dos casos más:

En Inglaterra, en 1936, el caso denominado la Calamidad Inglesa, un total de 27 niños fueron guiados por un profesor carente de la debida información y desobedeciendo las advertencias que recibía de quienes a medida que avanzaban se conseguían en el camino, un cartero, el dueño del hostal, un leñador, continuaban adelante en esas montañas totalmente nevadas. Ya entrada la tarde se inició la nevada ya advertida. Varios niños murieron, a otros los consiguieron desmayados con pocos signos de vida. En fin, fue una tragedia anunciada y desobedecida.

¿Hubo respeto a la vida? ¿Se valoró la vida de esos 12 niños? Creemos, que no, eran niños no tenían porque, ponerlos en riesgos por una determinación de la cual no tomaron parte. Así de fácil, toman muchos la vida que se les ha dado, incluso la vida de terceros, como en este caso.

Finalmente comentaremos otro caso de alpinismo, en esta oportunidad de 7 mujeres de Limlen, Rusia, quienes quisieron hacer historia al batir el récord al sobrevivir 15 días en el pico más alto de la ciudad. No lograron ni 4 días, falleciendo todas a pesar de haber llegado a la cima, pero quedaron atrapadas en una tormenta que no lograron superar.

Se podía considerar este caso como no solo como un irrespeto a la vida, no darle valor para lograr una ambición personal, tal vez por ego.

¿SE JUSTIFICAN LAS GUERRAS?

Considerando este tema sobre lo frágil que es la vida, nos preguntamos: ¿se justifican las guerras? Y pensamos que hablar de este tema es referirnos al punto más bajo y trágico de la condición humana. ¿Por qué y de dónde surgen las guerras?

No precisamente de la fortaleza, surge siempre a nuestro modo de ver, de un vacío: del miedo, la ambición, el odio, la perdida de la esperanza, la desigualdad, la manipulación o de un dolor colectivo.

Por cualquiera de esas causas o razones ¿se justifica un acto de destrucción de la humanidad?

Podemos decir, que sí, las guerras son una forma de suicidio colectivo lento, porque en ella la humanidad destruye su propio hogar, se mata a si mismo a través de los hijos, se mutila emocional, espiritual y moralmente, niega su propia evolución y demuestra que aún no hemos aprendido a resolver conflictos sin destruirnos.

La guerra la entendemos como lo contrario al instinto natural de conservación, es la señal más clara que algo falla en la estructura ética y emocional de la sociedad.

Una guerra es la mejor demostración de lo frágil que es la vida no solo individual, sino colectiva.

¿Podemos justificar de alguna manera la guerra?

Comenzamos por opinar que moralmente ninguna guerra es "buena" porque toda guerra destruye vidas inocentes, pero filosóficamente se considera que hay dos categorías: uno que puede ser inevitable y otra que no sería tan buena, con los resultados que esperamos.

Así tenemos la guerra defensiva cuando un pueblo es atacado, masacrado, invadido, allí el defenderse se convierte en un acto de superación, en un instinto de conservación.

En este caso no es una guerra buscada, es una guerra impuesta, obligada.

Aquí el pueblo está obligado a defenderse para no ser exterminado.

Hay otra guerra: la de un pueblo para liberarse de una opresión extrema que es más difícil de juzgar. Hay situaciones donde un régimen totalitario oprime, tortura, esclaviza o aniquila la población. En estos casos intervenir podría salvar vidas

Pero nos preguntamos ¿cuántas vidas inocentes se pueden justificar como sacrificio en nombre de una "liberación"?

Nos Viene la siguiente pregunta ¿puede la libertad de un pueblo construirse sobre la muerte de tantos inocentes?

Para muchos filósofos y creemos que para nosotros también, que es no, depende de la magnitud del mal que se pretende detener.

La historia demuestra: que rara vez se libra una guerra solo por libertad. Esos discursos de libertad esconden secretos económicos, territoriales o ideológicos. Y en todos esos casos es la población la más afectada, nunca los gobernantes quienes las declaran.

La vida es tan sagrada y frágil que cualquier justificación para destruirla debe ser examinada con la máxima rigurosidad moral. Hecho que generalmente no se hace.

Las guerras son el fracaso rotundo de la humanidad, una renuncia a la inteligencia emocional, a la razón y al sentido de comunidad. Incluso la guerra defensiva, aunque comprensible dejan cicatrices que tardan generaciones para sanar.

Podemos señalar sobre este punto que las guerras no comienzan cuando se disparan las armas, sino cuando se pierde la capacidad de escuchar, de dialogar y de reconocer al otro como humano. Cuando el corazón se enfría, la guerra ya empieza en silencio.

El concepto de "frágil, o fragilidad" no se ha entendido en todo el sentido de la palabra, por eso los gobiernos, sea de la tendencia que sea: socialista, democrático, imperialista, reinado, llevan a sus pueblos a enfrentamientos que ellos mismos no son capaces de enfrentar, por ejemplo: Adolfo Hitler, Mussolini, Churchill entre otros lideres políticos, quienes fueron los artífices de las guerras más sangrientas de la humanidad, ¿se ubicaban al frente de sus soldados? No, nunca.

Sus vidas si la consideraban frágiles, imposible arriesgarlas, pero la vida de los miles de soldados ¿no eran frágiles?

Ese es el valor que se le da a la vida y su fragilidad que es igual a todas, pero unos con privilegios y otros no. Allí la diferencia. El valor que tiene la fragilidad cambia según los intereses e importancia a quien se la aplican y a quienes jamás la ponen en riesgo.

GUERRA SILENCIOSA

No todas las guerras son con armas, hay otras que hacen temblar la tierra con explosiones y otras más silenciosas aún que hacen temblar el alma.

En estas guerras no se escuchan bombas. Se escuchan susurros rotos, pasos que emigran, gritos que se quedan atrapados en la garganta. Son guerras sin uniformes. Sin frentes de batalla definidos, sin parte oficiales. Pero sus heridas duran más porque no se escriben en la piel sino en la dignidad.

Venezuela, por ejemplo, ha vivido una de esas guerras silenciosas.

Durante 25 años la vida cotidiana se ha llenado de ausencias:

 Amigos que desaparecieron sin aviso, familias divididas por un aeropuerto, jóvenes que marcharon con más miedo que maletas, padres que aprendieron a despedirse sin llorar para no quebrar a los que quedaban.

No hubo un día exacto cuando todo comenzó, las guerras silenciosas nunca tienen un inicio claro, empieza cuando el miedo se vuelve rutina, cuando la injusticia deja de sorprender, cuando la mentira se convierte en paisaje.

A veces se piensa que una guerra comienza cuando se escuchan disparos, pero basta con que un gobierno encierre voces, reprima cuerpos y se convierta en cuerpo de batalla porque cuando se encarcela por pensar diferente, cuando se tortura por exigir dignidad, cuando se asesina para infundir miedo, cuando se empobrece deliberadamente a un pueblo y se destruye toda posibilidad de defensa, eso también es guerra. Solo que sin ruido. Esa la guerra contra la esperanza, contra el futuro.

El derecho debe ser protegido:

La humanidad reconoce un principio moral que no necesita decretos: ningún pueblo merece vivir bajo el miedo. Ningún ser humano debería necesitar valentía para sobrevivir cada día.

Cuando un pueblo queda indefenso, desarmado, aislado, sin instituciones que lo amparen y sin justicia que lo proteja, emerge una pregunta que divide al mundo:

¿Quién puede defender a quien no puede defenderse?

No es una pregunta política, es una pregunta de conciencia.

Algunos países miran a otro lado para no involucrarse. Otros sienten el peso ético de intervenir aun cuando la intervención sea un riesgo lleno de dilemas.

Y entre ambas posturas quedan las víctimas: personas, ciudadanos, los que huyen, los que resisten, los que pierden su hogar y los que siguen esperando justicia.

Si algún aprendizaje se puede deducir o sacar de la situación que ha vivido Venezuela, es que la vida es más frágil de lo que podemos señalar en este texto, o lo que puedan explicar los filósofos, o lo que puedan justificar algunas voces agoreras, y es que definitivamente no solo la vida es frágil, lo es todo: la estabilidad de un país, la paz en una nación, la felicidad en una familia, el bienestar en cada individuo. Todo es frágil, como lo dice también el budismo: la permanencia. Nada permanece, todo cambia, en minutos y hasta en segundos.

EL GRITO DEL EXODO

Más de 7 millones de venezolanos salieron del país, ese camino cargado de nostalgia, de duelo, de culpa, de esperanza, es la evidencia más contundente de que algo se rompió rotundamente.

Un exilio masivo nunca ocurre porque si, ocurre cuando quedarse se vuelve más peligroso que partir.

Cuando una nación expulsa a su gente, no por voluntad, sino por desesperación, ese éxodo es la prueba viva de la opresión.

Cada maleta es un testimonio. Cada salida es una forma de resistir. Cada vida reconstruida en el extranjero es un recordatorio de que el ser humano siempre busca aire cuando le cierran las ventanas.

Cuando el éxodo no es solo por escapar de la opresión, tampoco por temor a sus vidas, o por temerle al régimen, sino porque en su propia nación se expropio no solo las riquezas de su suelo, sino también el empleo, la manera de ganarse el sustento diario obligándolos a buscar fuera de sus fronteras otra manera para subsistir, para no dejar perecer a su familia, es esa la manera moderna de un enfrentamiento, una guerra sin armas, sin causa aparente.

El poder que no oye, que no dialoga, y que teme a su propio pueblo, no gobierna, oprime.

Y la opresión no solo hiere el cuerpo, quiebra la memoria, deforma la identidad, roba la esperanza.

Hace que la vida se vuelva frágil como un cristal sostenido por manos temblorosas.

Hay quienes dicen que una nación solo está en guerra cuando otros la atacan. Pero la guerra también puede venir desde adentro cuando el estado que debería proteger se convierte en agresor, cuando las instituciones que deberían ser refugio se convierten en armas, cuando el ciudadano que debería sentirse parte del país, se siente rehén de él.

En medio de tanta fragilidad surge la pregunta más compleja que nadie quiere responder con ligereza: ¿es legítimo que otras naciones intervengan para proteger a un pueblo oprimido?

La repuesta nunca es simple, toda intervención trae riesgos, toda inacción trae sufrimiento. Pero hay algo que el mundo no puede ignorar: cuando un pueblo entero es sometido durante décadas, cuando no tiene como defenderse, cuando clama por una salida que no llega, la humanidad debe preguntarse si puede seguir mirando hacia el otro lado.

La indiferencia es también es una forma de guerra: una guerra contra la compasión, contra el dolor de madres, padres, familias enteras que han sido desmembradas unas por la propia tiranía, otras por la separación de millones de familias, no de cientos, ni de miles, hablamos de millones.

Ese silencio inmenso de quienes oyen y nada hacen, de quienes ven y miran al otro lado, de quienes creen que eso nos les sucederá nunca, que no es su problema, es sostener y mantener esa nueva modalidad de guerra contra una población entera.

REFLEXION:

Este capítulo no busca juzgar, señalar culpables, ni dictar soluciones, busca algo más humilde y urgente: recordar que una nación puede estar en guerra sin disparar un solo tiro, recordar que la fragilidad de la vida se vuelve insoportable cuando la dignidad es arrancada, recordar que ningún pueblo debería quedar abandonado a su suerte, y sobre todo recordar que el exilio, no es una estadística, es un grito del padecimiento de un pueblo.

En ese sentido, este libro que comencé a escribir luego de un percance de salud hace poco más de un mes, reconociendo la fragilidad de la vida, hoy 15 de noviembre dcl 2025, continúo con mis reflexiones y experiencias, aclarando que siendo una inmigrante venezolana, parte de los 7 millones que formamos parte de uno de los éxodos más importante en la historia de la humanidad, no podre publicarlo, no me permito hacerlo, hasta ver liberada a mi patria de la dictadura férrea y opresora que la gobierna desde hace más de 25 años. De hacerlo, de publicarlo, mi familia que aún permanece allá sufrirá serias consecuencias, serán apresados, torturados y tomados como rehén. Así de sencillo demostraría lo frágil que es la vida en un país en una guerra silenciosa como la que se libra en Venezuela.

PROPOSITO DE VIDA

La vida es frágil sí. Precisamente en esa fragilidad nace la pregunta que todos en algún momento nos hacemos, unos primero que otros, pero absolutamente todos preguntamos el ¿por qué y para qué estamos aquí?

El propósito no es un destino, sino un proceso que se va presentando poco a poco, algo así como fragmentado.

Lo podemos ver y explicar en tres ángulos: el aprendizaje, el amor y la evolución interior.

El Propósito como aprendizaje:

El propósito como aprendizaje entendiéndolo no como acumulación de información, sino como descubrir quienes somos hechos realmente, que no es de la noche a la mañana, es a lo largo de la vida según los hechos y las circunstancias que se nos presentan.

Cualquier hecho te va dejando una enseñanza, un aprendizaje, hay lecciones que te llegan envueltas en alegría, por ejemplo tienes un compañero de clase que no lo sientes muy cercano, inclusive puedes hasta mantenerlo alejado, cuando en una tarea o trabajo especial que te impone el profesor, no sabes cómo hacerlo, no te sientes capaz de responder y ese chico, compañero de clase que no te cae muy bien, es quien si pedírselo se acerca a ti, te ayuda a resolverlo porque conoce el tema y allí recibes el aprendizaje de no juzgar a nadie porque de quien menos esperas te llega la solución, terminando en alegría para ti por el resultado optimo logrado y buena amistad, un nuevo amigo.

Sin embargo, hay aprendizajes que llegan a través del dolor, y ese dolor tiene la extraña capacidad de revelarte algo esencial. La mejor prueba de ello es el fallecimiento de alguien muy querido un padre, la madre, un hermano u otra persona muy querida y apreciada. Ese dolor te deja un aprendizaje tal vez uno de los más útiles en tu vida: la vida es frágil, corta, pasa muy rápido, desde ese momento la aprovechas más, la valoras más, la cuidas más.

Nuestros padres y personas mayores nos repiten en varias oportunidades que en la vida vamos aprendiendo a medida que nos traicionan, cuando perdemos un amor, cuando emigramos, en fin, que los "golpes" nos van enseñando, que la vida en sí, es un aprendizaje constante.

Podemos resumir que la fragilidad de la vida es una maestra silenciosa: enseña con sutileza, pero deja marcas que no se olvidan.

Lo importante del aprendizaje es ir aceptando en cada etapa, en la niñez, en la juventud, en la madurez, en la vejez, incluso en la salud y en la enfermedad, son aprendizajes que no podrían llegar de otra manera.

Llegará un momento que ya no te preguntaras "¿por qué me pasa esto?", sino ¿para qué? y a medida que vas avanzando esa última interrogante será la que te responderás.

Uno de esos aprendizajes más claro lo podemos explicar con la situación que hoy vive un país donde además de gozar con grandes riquezas para ubicarse entre los más prósperos de la humanidad, hoy atraviesa la peor crisis económica y social, además del tratamiento feroz que recibe por la dictadura que los gobierna.

Nos referimos si, a Venezuela, un caso mundial y donde los ojos del mundo están concentrados.

Esa realidad es un claro y definitivo aprendizaje no solo para Venezuela y sus ciudadanos, sino para el resto de los países que se deben mirar en esa realidad para no repetir tal tragedia en sus regiones, saber cómo elegir a sus gobernantes. Ese aprendizaje en carne propia es el mayor ejemplo para la humanidad.

Quienes no cuidan lo que tienen, quienes no entienden que todo es frágil: la utilización de los recursos económicos, una buena y cómoda vida, un buen gobierno y una buena administración de justicia, no aprendieron nada, dejan ir lo que tienen seguro, por experimentar algo diferente. Porque definitivamente la vida en su propósito, el aprendizaje es indispensable, pero también es frágil, hay que asimilarlo y valorarlo.

EL PROPOSITO COMO AMOR

Aquí no hablamos del amor romántico solamente, sino del amor como energía que sostiene, que cura, que vincula. Amar es un acto de valor porque es entregarse aun sabiendo que todo es frágil y que nada está garantizado.

Lo consideramos un propósito porque da raíces, nos da dirección, nos da sentido y también nos da pruebas.

El amor se manifiesta en la familia que cuidamos, en la pareja que elegimos, en los amigos que nos sostienen cuando la vida se nos vuelve muy pesada.

También está en los que se van, en los que nos hieren sin querer, todo eso nos enseña a amar y aceptar. El amor no solo se aprende en la presencia, sino en la ausencia.

El amor es la fuerza más frágil y a la vez la fuerza más poderosa que existe.

Es frágil porque puede romperse, es poderosa porque incluso roto, nos transforma, te cambia, por ejemplo, un país en crisis te enseña a amarlo desde otro lugar.

Amar lo que quedo atrás, amar lo que se perdió, amar lo que sigue vivo en los recuerdos, amar a la distancia y ese amor, aunque duela también forma parte del propósito en la vida.

Aquel dicho popular de "no sabes lo que tienes, hasta que lo pierdes", es parte de este propósito en la vida. Igual que tu valoras más cuando lo pierdes por tus errores o decisiones, eso no solo en el amor sentimental por tu pareja, también en el amor a tu país, a tu patria. La valoras, la amas más y la extrañas más, cuando te ves obligado a vivir lejos de ella.

Por ello el amor como propósito en la vida es una de las fuerzas más poderosas y a la vez más frágil de perder.

Muchas veces se confunde el amor, con el apego. Pero el amor es propósito, es profundo, es invalorable, en tanto el apego es material, es pasajero, es efímero. No se concibe a una persona que haya vivido sin el propósito de amar, es imposible, se ama de manera única a la madre, a un buen padre, a la patria siendo este el propósito con más fuerza, intenso, por el cual se entrega la propia vida.

El amor, este sentimiento que inclusive a través de él se da vida, es el propósito que mueve a la sociedad, al mundo.

¿Te imaginas una humanidad sin ese propósito? ¿Verdad que no? Pero, así como es de importante, es frágil, se rompe por errores cometidos, por malas interpretaciones, por traiciones. Por ello, es un propósito que a su vez es sutil, delicado por su misma fragilidad.

EL PROPOSITO COMO EVOLUCION INTERIOR

Si la vida fuera solo nacer, sobrevivir y morir, sería demasiado simple para la complejidad humana.

Hay algo más profundo que ocurre dentro de cada persona: un proceso silencioso de transformación.

La evolución interior no es mística, ni religiosa, necesariamente es humana porque consiste en aprender a conocernos, proceso nada fácil y es lento, progresivo si pero lento. Debemos descubrir el alcance de nuestras fuerzas, hasta donde hemos madurado física y espiritualmente.

Tenemos muchas veces que dejar atrás lo que fuimos y reiniciar nuestras vidas, nuestro camino. Cuantas veces nos tenemos que perdonar los errores cometidos y debe ser un perdón sincero, profundo y crecer en aquello que nos acerca a la paz. A nuestra tranquilidad.

La fragilidad de la vida nos obliga a mirarnos por dentro, hay demasiados hechos que nos obligan a cambiar y es un constante renovarnos frente a las perdidas tanto humanas, como económicas, las guerras silenciosas que llevamos en solitario, las rupturas, los fracasos, todo eso nos empuja a cambiar a madurar a un despertar.

La evolución interior es el propósito escondido detrás de todo lo que nos derrumba.

No evolucionamos cuando todo nos sale bien, evolucionamos cuando dejamos de resistir lo inevitable y aceptamos que la vida nos está moldeando.

A veces pensamos que el propósito está afuera, en un éxito, en una meta, en una situación perfecta.

Pero la vida enseña que el propósito siempre ha estado adentro, en lo que aprendemos, en lo que amamos, en lo que nos transforma.

Cada persona lleva un propósito distinto, pero todos se sostienen en la misma verdad: la vida es tan frágil que todo adquiere sentido cuando se llena de aprendizaje de amor y de evolución interior.

De tal manera que todos nosotros estamos en constante transformación en algunos casos conscientemente, en otros sin caer en cuenta, sucede la transformación así nomás, generalmente después de un tropiezo que sacudió tu paz, tu tranquilidad o sencillamente tu diario vivir.

Nos transformamos desde adentro, desde nuestro interior, para aflorar al exterior a ese cambio que tu tal vez no lo notas, no estás consciente, pero tu entorno, tus amistades, tu propia familia si lo notan. Cuantas veces escuchamos decir: "pero que cambio ha dado, es que parece otro".

Dichos como ese se escuchan a diario, pero los que observan tu cambio no los escuchas, porque lo dicen a los demás, y así sin saberlo estas cumpliendo el propósito de cambiar para bien de ti mismo y de quienes forman parte de tu vida de una u otra manera.

LA EUTANASIA

La Eutanasia es, quizás, uno de los temas más frágiles del mundo contemporáneo, en ella se encuentra cara a cara, la vida en su forma más sagrada y el sufrimiento en su expresión más devastadora.

No hay palabra que la resuma enteramente: es vida, muerte, libertad, dolor, ética y miedo. Todo coexistiendo en una misma decisión.

Durante siglos el ser humano ha defendido el instinto de conservación como una fuerza natural, casi divina, que nos empuja a seguir adelante incluso en los momentos más duros.

Sin embargo, cuando la enfermedad destruye el cuerpo, apaga la autonomía, roba la dignidad y convierte cada día en un tormento, este instinto se desdibuja, y emerge entonces otra pregunta una que duele y confronta: ¿es vivir a cualquier precio lo mismo que vivir con dignidad?

La eutanasia no es un acto ni sencillo, ni impulsivo. No es falta de valentía, ni deseo de muerte, es, en la mayoría de los casos el grito silencioso de quien ya no encuentra alivio en la medicina, ni tregua en el tiempo, ni esperanza en un mañana que solo promete dolor.

Para muchas familias, es el misterio de amar lo suficiente como para dejar ir.

Para muchos pacientes, es la última forma de recuperar el control sobre su existencia.

¿Es la eutanasia ético, moral o humano?

Esas respuestas varían según las culturas, religiones, leyes y sobre todo según las experiencias personales.

Hay quienes la ven como un acto de compasión, otros como una ruptura del orden natural, otros como un derecho innegable a decidir sobre el propio sufrimiento.

Pero lo verdaderamente frágil, no es la eutanasia en sí, sino el contexto que la rodea, el dolor extremo, la dependencia absoluta, la pérdida de identidad, el miedo de convertirse en una carga o la imposibilidad de despedirse con dignidad.

Lo que sí está claro es, que no hay un solo caso igual al otro. No hay regla universal que abarque la complejidad de cada vida.

La eutanasia nos obliga a mirar la vida desde otra perspectiva, no de la supervivencia sino desde el sentido. Nos obliga a reconocer que prolongar el sufrimiento no siempre es sinónimo de proteger la vida, a veces es solo prolongar la agonía y aceptar esto como sociedad, como familia, como individuo, requiere un nivel de honestidad y amor que pocos están preparados para enfrentar.

Que la pregunta no sea ¿si la eutanasia es buena o mala, sino como acompañamos al ser humano para que si llega a ese umbral no se sienta solo, juzgado u obligado?

Porque llegan momentos en que la medicina ya no cura, no tiene más que ofrecer, solo mantiene.

Y son momentos donde la vida no se sostiene, solo se extiende.

En esos límites, es donde la fragilidad humana se vuelve absoluta, la eutanasia aparece como una opción que debe ser tratada con respeto, con empatía y con silencio reflexivo. No para promoverla ni para condenarla sino para entender que la dignidad humana es un valor tan profundo como la vida misma.

La fragilidad de la vida no se demuestra únicamente en los accidentes inesperados, en las enfermedades o en las perdidas repentinas. También se revela, con un peso casi insoportable, en esos momentos en los que la vida no se extingue por sorpresa, sino que se va deshilando lentamente, día a día hasta dejar al ser humano frente a un dilema que ninguna generación ha resuelto del todo.

¿Es vivir a cualquier precio lo mismo que vivir con dignidad?

La eutanasia se sitúa exactamente en ese límite. Es un cruce entre la esperanza y la desesperación, entre la autonomía personal y el deber de proteger la vida, entre el amor que quiere retener y el amor que sabe soltar. Ninguna decisión humana es tan intima ni tan cargada de silencios como la de querer poner fin a un sufrimiento irreversible.

Veamos ahora esa realidad desde el punto de vista ético:

La ética nos obliga a detenernos antes de juzgar, nos lleva a preguntar ¿Qué significa actuar bien en un contexto en el que toda opción implica dolor?

Por un lado, está el principio fundamental de proteger la vida, por el otro lado el de respetar la autonomía de quien ya no puede soportar más sufrimiento.

La eutanasia no se plantea entre el bien y el mal, entre dos bienes y dos males que se entrecruzan. Prolongar la vida puede ser un acto de cuidado o de crueldad.

Respetar la voluntad de morir puede ser un acto compasivo o una renuncia para luchar.

La ética clínica contemporánea sostiene que ninguna decisión debe tomarse en acompañamiento ni en soledad, ni en desesperación. Requiere reflexión, claridad y sobre todo amor y presencia humana.

En esa balanza frágil, cada caso es único. No existe formula universal.

PERSPECTIVA ESPIRITUAL:

¿Cuándo dejar ir?

Dimensión espiritual, que no siempre implica religión, introduce una pregunta más profunda aun: ¿qué significa la vida en el misterio que somos?

Para algunas tradiciones, el sufrimiento tiene un sentido purificador, para otras infligir un dolor donde ya no hay esperanza es contrario al amor divino. Muchos pacientes terminales expresan un deseo espiritual genuino: quiero irme en paz, sin una carga, sin perder la luz que fui.

Lo espiritual en la eutanasia no se trata si es permitido o no, sino de como acompañar al alma humana en su tránsito: escuchar sin juzgar, aliviar el miedo, sostener la fe o la duda y permitir que la despedida sea un acto de amor y no de agonía.

La dignidad espiritual del ser humano trasciende el momento exacto de la muerte.

A veces lo que más consuela no es prolongar la vida, sino permitir que el final sea sereno, humano, acompañado.

Cuando la medicina ya no cura, la pregunta precisa es ¿hay posibilidades reales de recuperación o mejorar significativamente?

La eutanasia aparece cuando el pronóstico es irreversible, el dolor incontrolable o la dependencia absoluta que destruye la autonomía y la identidad de la persona.

Un médico responsable no propone la eutanasia, acompaña, evalúa, informa, y garantiza que la decisión sea consciente y no producto del miedo o de un trastorno tratable como la depresión.

Aquí entran los cuidados paliativos esenciales para aliviar el dolor cuando ya no se puede curar. También entran la psiquiatría, la psicología y la ética clínica y el consentimiento informado.

La medicina en este punto deja de ser ciencia pura y se convierte en humanidad. La pregunta ya no es: ¿Qué más podemos hacer? Sino ¿qué es lo más compasivo que podemos hacer?

Legalmente la eutanasia enfrenta dos fuerzas: el derecho de cada persona a decidir sobre su vida o muerte y la obligación del estado de evitar abusos, presiones o errores irreparables.

Los países que han legalizado la eutanasia lo han hecho con protocolos rigurosos.

Múltiples evaluaciones médicas, verificación del sufrimiento irreversible, claridad mental del paciente, tiempo de reflexión obligatorio, supervisión de comités éticos y ausencias de presiones familiares, económicas o emocionales.

Cuando no está legalizada el dilema es aún más difícil, la familia queda atrapada entre el deseo de aliviar al ser querido y el miedo a la ley. Y el paciente queda atrapado en su dolor sin opciones claras.

La legislación sobre la eutanasia dice más sobre una sociedad que sobre la muerte misma, revela cuanto valora la autonomía, la compasión y la dignidad humana.

A la final ¿Quién es el dueño de la vida? ¿el individuo, la sociedad, Dios, la naturaleza?

Pensadores como Seneca defendían la libertad de retirar el cuerpo del dolor cuando ya no es posible vivir con virtud.

Otros filósofos sostienen que la vida es un don inalienable que no puede ser interrumpido deliberadamente.

La eutanasia nos enfrenta a esta reflexión existencial: ¿es la muerte un fracaso o una liberación?

No hay repuesta definitiva, solo un hecho indiscutible en el umbral de la existencia, lo que más importa no es la teoría, sino la humanidad que rodea al que sufre.

Finalmente podemos decir sobre este punto tan álgido hablando sobre lo frágil que es la vida, el instante entre estar y ya no, que la eutanasia no es un debate sobre la muerte, es el debate sobre la vida misma. Sobre que entendemos por dignidad, libertad, compasión y humanidad.

Nos obliga a mirar el sufrimiento sin apartar la mirada y a preguntarnos ¿qué significa realmente acompañar a otro ser humano en su trayecto final?

En el fondo lo que define a una sociedad no es el permitir o no la eutanasia sino como tratar a quienes ya no pueden luchar, como acompaña, como sostiene y como escucha.

Porque la vida es frágil sí, pero ese mismo reconocimiento es lo que nos permite tratar sus últimos instantes con un respeto infinito.

La muerte no es el enemigo, el enemigo es el abandono, la deshumanización, el olvido.

Y l final la verdadera pregunta en este tema es: ¿Cómo asegurarnos que nadie tenga que elegir entre vivir sin dignidad y morir sin compañía?

En este recorrido que estamos escribiendo sobre lo frágil que es en realidad la vida y que nadie debe morir sin amor, o en soledad, traemos a nuestra memoria el caso de un chico ecuatoriano de apenas 22 años quién en nuestros años de juventud, hablamos de los años 70, lo conocimos en el Hospital Universitario de nuestra ciudad de Maracaibo en el estado Zulia, Venezuela.

Juan Navarro era su nombre, un chico que necesitaba un trasplante de riñón como única alternativa de sobrevivencia.

Para esos años Maracaibo se conocía a nivel internacional como pionera en trasplantes de riñones contando para eso con un equipo extraordinario de médicos.

La noticia llegó a Guayaquil, ciudad importante de Ecuador, donde muy quebrantado de salud se encontraba Juan Navarro. Quedarse en su país era morir en poco tiempo, así que unos amigos suyos quienes eran conocidos en ese entonces como "radios aficionados" entraron en contacto con colegas en la ciudad de Maracaibo planificando el traslado de Juan a esa ciudad tal como ocurrió semanas más tarde, era esperado con la urgencia de su situación, al llegar es recibido por el equipo médico y de inmediato es internado en el Hospital Universitario el más importante en esos momentos. Juan llego en un estado muy delicado de salud, los viajes en esos años 70 no eran tan fluidos, ni fáciles, pero lo logró.

El equipo médico se abocó a su recuperación y en unos días lograron estabilizarlo recibiendo el tratamiento de diálisis de manera programada.

Allí en el Hospital, una amiga muy cercana trabajaba en el departamento de Historias Médicas y conoció muy de cerca su caso. Varias veces lo visitaba en su habitación donde permanecía aislado para evitar contaminaciones. Esa soledad de Juan en nada lo ayudaba en su recuperación, fue entonces cuando Zulaima, la chica amiga, nos comunica al grupo de amigos del sector, eramos 8 en total, la situación del joven ecuatoriano, como le decían.

Inmediatamente, nosotros, quien escribe, formó parte de ese grupo de amigos, con la autorización de sus médicos tratantes, lo comenzamos a visitar diariamente. Para ello nos turnábamos.

Con el paso de las semanas, Juan mejoraba y la amistad se fue estrechando de tal manera que lo consideramos uno más del grupo, luego como un hermano.

Juan, necesitaba mejorar sus condiciones de salud, lo logró, aumentar de peso, lo logró, nivelar sus fluidos, también lo logró. Sin embargo, luego de unos tres meses internado, no se conseguía un donante, debía ser compatible con él. Ninguno de nosotros fue aceptado por ser menores de 21 años.

En varias oportunidades con la autorización de sus médicos salía del hospital para pasearlo por la ciudad, a la playa, a ver el hermoso puente sobre el lago, a las plazas de la ciudad y así pasaba Juan sus días de salida.

Fueron pasando los meses, él se comunicaba con su familia a través de un radio aficionado amigo logrando mantenerse en contacto con sus padres y hermanos.

Al cabo de varios meses, ya no recordamos cuantos, Juan de tantas diálisis que debían hacerle, se fue debilitando, sin conseguir el donante y su condición cada vez más débil, se fue complicando, afectando los pulmones, y así poco a poco se apagaba su vida.

Su familia en Guayaquil tal como nos decía eran muy humildes, no tenían como llegar a Maracaibo para verlo.

En su momento de gravedad solo contaba con nosotros sus 8 amigos, todos aun tan jóvenes que fueron nuestros padres quienes nos ayudaban con los recursos que Juan requería.

Al final en sus crisis de asfixia nos pedía no lo dejáramos sufrir más, su cuerpo delgado no resistía tanto dolor y medicamentos. Era una súplica por la eutanasia, no estaba permitida por lo tanto no la autorizaron nunca y Juan falleció con gran sufrimiento.

Al no tener familia en Venezuela, la Escuela de Medicina lo pidió para sus prácticas.

Nosotros los 8 chicos, con nuestros padres, no se los permitimos, nos responsabilizamos por los gastos de su velorio y entierro. Hoy Juan Navarro aun reposa en un panteón en el cementerio principal de Maracaibo, propiedad de la familia González Almarza, los padres de Eddy, uno de esos 8 del grupo.

Juan buscó vida, eran tiempos sin tecnologías, sin grandes avances, y con dificultades para conseguir donantes compatibles, pero sí contó con amigos que jamás lo abandonaron, jamás estuvo solo, y por eso murió con dignidad, con respeto, con amor. Hoy después de más de 50 años aun lo recordamos.

La vida es frágil, muy frágil y mientras unos como nuestro amigo Juan Navarro, quien buscó vida hasta en fuertes condiciones adversas, otros la arriesgan de manera inconsciente, alegremente, desconociendo su valor, el maravilloso regalo que han recibido.

FRAGILIDAD DEL TIEMPO.

El tiempo es quizás la fragilidad más silenciosa de todas.

Nunca lo vemos, nunca lo tocamos, pero lo sentimos escapar cada día como arena fina entre los dedos. Nadie puede retenerlo, detenerlo, ni negociarlo, solo fluye y sin embargo vivimos como si fuese infinito.

La vida nos enseña a veces a golpes, a veces por desgaste, que el tiempo es un préstamo, no una propiedad. Un préstamo sin contrato. Sin fecha fija, sin garantías o que puede renovarse sin avisar. O puede contarse de un segundo a otro. Por eso lo frágil del tiempo no es su pasar, es nuestra ilusión de control.

La fragilidad del tiempo nos recuerda que todos los demás son inciertos, que las oportunidades no siempre regresan, que las palabras no dichas se convierten en peso y que los abrazos postergados duelen cuando ya no es posible darlos.

Quizás la enseñanza más profunda del tiempo esta: lo que no hacemos hoy, puede que nunca tengamos ocasión de hacerlo.

Y no es una amenaza es una invitación a vivir despiertos, presentes, conscientes.

La fragilidad del tiempo esta allí para enseñarnos a escoger mejor nuestras batallas, nuestros afectos y nuestras prioridades.

Porque al final, el tiempo no se mide en días vividos, sino en instantes significativos.

Y esos instantes solo existen cuando dejamos de vivir en automático.

El famoso dicho popular: "no dejes para mañana lo que puedas hacer hoy" son palabras sabias que han pasado de generación en generación por lo acertado y cruel que es tanto en su contenido, como en su significado.

El tiempo es frágil, una de las cosas más frágiles en nuestras vidas porque no te da tregua, no regresa, no tiene sentimiento, sencillamente en su momento lo tomas o lo pierdes para siempre, no te regresa.

FRAGILIDAD DE LAS RELACIONES HUMANAS:

Las relaciones humanas es uno de los pilares de existencia, pero también uno de sus terrenos más frágiles. Se construyen enteramente, con confianza, cariño, presencia e inocencia, pero pueden romperse en segundos por un malentendido, unas palabras hirientes, una traición o simplemente por distancia emocional.

¿Por qué son tan frágiles?

Porque las relaciones no son cosas, son encuentros de vulnerabilidad.

Cada ser humano trae consigo heridas, miedos, expectativas, recuerdos, silencios no sanados. Y en el roce entre dos historias tan complejas lo humano a veces florece y a veces se quiebra.

La fragilidad de las relaciones se manifiesta con la facilidad con la que perdemos a alguien sin perderlo físicamente.

Personas que se alejan emocionalmente, amistades que se enfrían, parejas que dejan de hablarse, hijos que dejan de llamar, hermanos que se distancias por orgullo.

Pero esa fragilidad también es una oportunidad.

Nos obliga a cuidar lo que amamos, nos recuerda que nadie está garantizado que nadie está obligado a permanecer y que cada vinculo necesita ser nutrido con respeto, sinceridad y presencia.

Las relaciones humanas son frágiles sí, pero, también son uno de los pocos milagros accesibles de la vida.

Requieren valentía de decir lo que sentimos, de pedir perdón, de escuchar, de dejar de suponer, de sanar y de amar sin poseer.

Quizás lo más sabio es entender que toda relación es un regalo temporal, a veces largo, a veces corto. Y que su belleza no está en su duración, sino en su significado.

La fragilidad humana no es una amenaza es una invitación a cuidar mejor. Somos humanos, no perfectos, con debilidades, sentimientos encontrados y con los conocimientos necesarios que se van adquiriendo a través del correr de la vida y en muchos casos precisamente de haber contado con la debida experiencia, y una conciencia más amplia nos permitiría cuidar nuestras palabras, nuestros reclamos, en fin, tener más tacto en el desarrollo de la amistad o de la familiaridad. La

Experiencia:

Al referirnos al dicho popular: "de que me sirve la experiencia, si cuando la necesito no la tengo y cuando la tengo ya no la necesito" es un retrato perfecto de la fragilidad frente a la vida.

Habla del desfase inevitable entre el aprendizaje y el momento cuando la vida exige respuestas.

Cuando somos jóvenes, tomamos decisiones sin saber, sin medir, sin calcular. No tenemos ni experiencias, ni herramientas, ni memoria emocional y es precisamente en esos momentos cuando más falta no haría la experiencia, cuando estamos más desnudos ante la vida.

Pero es así como se aprende: cayendo, equivocándonos, perdiendo.

La experiencia no se recibe como un regalo, se gana como una cicatriz.

Luego con el paso de los años después de haber vivido fracasos, duelos, perdidas, amores rotos y derrotas, acumulamos la experiencia que antes necesitábamos, pero ya no volveremos a estar en aquella situación exacta. La vida no repite las pruebas cambia los escenarios.

Así surge la paradoja: la experiencia siempre llega tarde para el problema que la originó. Pero llega a tiempo para transformarnos como personas.

Ese refrán nos recuerda tres verdades:

la experiencia no evita errores pasados, pro evita los errores futuros, es una brújula que no corrige el camino que recorrimos, pero ilumina al que viene.

la vida no está diseñada para vivirla con garantías, sino con aprendizaje.

La fragilidad humana radica en que aprendemos después, no antes. La experiencia no se obtiene para usarla, sino para crecer.

A veces no cambia nuestras circunstancias, pero cambia nuestra forma de mirar el mundo.

La sabiduría humana no consiste en no equivocarse, sino en aprender de aquello que llegó tarde y en no amargarse por lo que ya no podemos cambiar.

Por eso la experiencia es valiosa porque nos vuelve más humilde, más prudentes, más compasivos y también más conscientes de lo frágil que somos cuando comenzamos.

EL DOLOR: LA MAYOR FRAGILIDAD

El dolor revela la verdad más cruda de nuestra fragilidad. El espíritu puede soportar la traición que se explica, el agravio que se nombra, la mentira que se desnuda, pero el cuerpo no negocia con las palabras cuando la sensación lo atraviesa todo.

El dolor físico es una urgencia que no espera consuelos poéticos, pide alivio, exige presencia, reclama medicina y cuando ese alivio no llega la vida se reduce a segundos de agonía y la esperanza se convierte en un lujo que no se puede pagar.

Por eso cuidar de la humanidad no es solo hablar del perdón y memoria es también tejer sistemas, voces y manos que alivien el tormento de quien sufre.

El verdadero progreso moral de una sociedad se mide por la manera como acompaña a los moribundos, a los enfermos, a los que no encuentran reposo en su carne.

El dolor es la experiencia humana más desconcertante, el dolor físico tiene una cualidad distinta: es inmediato, es total e innegable.

Mientras el ser humano tolera, supera y se olvida de los hechos que afectan al espíritu, como la traición, el engaño, la mentira y la hipocresía, hasta supera una vida hecha pedazos, pero cuando en el cuerpo humano toda la fortaleza emocional y espiritual se repliega, es dominado, gobierna, paraliza, exige.

Y es que el ser humano no fue creado para superar el dolor, es esa la parte más frágil, pero a la vez la más potente. Un dolor acaba con tu vulnerabilidad. Pero el dolor es una advertencia, una paradoja biológica.

Existe un síndrome muy extraño y poco conocido llamado "insensibilidad congénita al dolor", quienes nacen con él no sienten ningún tipo de dolor físico, y eso podría parecer una bendición y muchos así lo dirán, pero eso puede llevar a la persona a morir no solo muy jóvenes, sino de manera repentina.

Esas personas extrañas, pero que existen, no sienten al romperse un hueso, cuando se queman, cuando una infección los corroe, cuando algunos de sus órganos no les funcionan, en fin, que ellas mueren por falta de señales, de una alerta.

El dolor, aunque cruel, es el guardián invisible que mantiene con vida al ser humano.

Desde ese punto de vista el dolor no es un castigo es un sistema de alarma diseñado para preservar la existencia, así sea drástico o impredecible, pero es efectivo.

El cuerpo humano posee más de mil millones de neuronas sensoriales distribuidas en la piel, los músculos, los órganos internos y las articulaciones y sin dolor, no sabríamos cuando alguna parte del cuerpo no está funcionando bien, no se sabría de alguna infección, no se sabría que algo nos está fallando. Y eso, el dolor, nos hace conscientes de nuestra gran fragilidad, pero también una forma de sabiduría.

El cerebro procesa el dolor emocional y el dolor físico en áreas cercanas: el cortex cingulado anterior, por eso una traición, o un abandono, duele físicamente porque afecta los mismos circuitos. Pero ocurre algo transcendental, el ser humano suele ser capaz de recuperarse de ese dolor emocional, pero no del dolor físico. Nos preguntamos el por qué, y es que el dolor físico incapacita mientras que el dolor emocional siendo profundo tiene los recursos de: la resiliencia, el perdón, la introspección, la fe y la transformación personal. En tanto que el dolor físico queda atrapado, no tiene mecanismo para defenderse.

El dolor físico nos recuerda que somos finitos, somos vulnerable y somos temporales. En otras palabras, los humanos somos frágiles,

En la medicina paliativa existe un concepto llamado "dolor total" es la suma del dolor físico, emocional, social y espiritual que lo vive un paciente en etapa terminal.

Sin embargo, en ese dolor total sobresale el dolor espiritual, generalmente sienten no haber aprovechado más la vida, no haber cumplido muchas de sus metas. En ese caso superó la emoción al propio dolor físico. A veces el dolor oscurece el alma, pero cuando se controla se vuelve a encontrar con ella.

La pregunta que muchos nos hacemos es ¿por qué la creación no escogió otro método menos cruel? Se han encontrado respuestas espirituales, como porque el dolor nos obliga a estar presentes, es imposible ignorar el ahora cuando el cuerpo reclama.

Así mismo se señala que el cuerpo es prueba de libertad, porque sin dolor no hay respuestas éticas profundas, además la compasión nace del sufrimiento humano compartido y por la solidaridad surge del reconocimiento del otro.

Siendo una paradoja y hasta una mentira, pero el dolor se entiende también como un maestro, quienes han salido de algún dolor señalan que ya sus vidas no es la misma, que ven lo que antes no veían. Y es que el dolor no es bueno, pero si despierta.

¿Nos imaginamos un mundo sin dolor? De ser así, no habría límite, no habría prudencia, tampoco autocuidado, no habría alertas y tal vez pocos llegarían a la longevidad.

Así que podemos considerar al dolor como una frontera que preserva la vida, su ausencia sería un caos biológico, no podemos que sea deseable, significa que es funcional, no moral.

Finalmente, podemos señalar que el dolor no es un enemigo, es un mensajero, que nos muestra donde está el peligro, donde debemos corregir, que debemos sanar, donde estamos heridos y en fin que el dolor es más una ayuda que un problema.

¿Los humanos serían más felices sin dolor? Tal vez. ¿Serían más libres? Quizás no. ¿Serían más conscientes? Probablemente tampoco.

El dolor, aunque incomprensible y duro sostiene un equilibrio profundo. Y en su misterio se revela la verdad ultima de la fragilidad humana: vivir duele, pero también despierta.

LOS TEJIDOS DE FRAGILIDAD

La paradoja divina: ¿creados a imagen de Dios, pero tejidos de fragilidad?

La humanidad carga con un misterio que ha inquietado a filósofos, teólogos y buscadores espirituales durante milenios: si Dios es perfecto, eterno, impasible e inmortal, ¿Cómo es posible que nosotros creados supuestamente a su imagen y semejanza estemos hechos de una materia tan vulnerable, de emociones tan sensibles y de una vida tan breve que se nos escapa de las manos? Entonces ¿Qué significa realmente todo eso?

Por siglos muchos han interpretado esa frase como si fuera una igualdad literal.

Pero ninguna tradición espiritual seria ha sostenido que el cuerpo humano, o incluso que nuestra psicología cotidiana, sea un espejo perfecto de la divinidad.

La imagen de Dios que llevamos dentro no es corporal, no es física, no es emocional, es esencial.

Se encuentra en cuatro capacidades que nos distinguen:

La conciencia capaz de preguntarse por su origen

La libertad capaz de elegir incluso contra sí misma.

La creatividad que nos permite transformar la realidad.

El amor que revela la chispa divina en su forma más pura.

En esas facultades y no en ausencia de dolor somos semejantes a Dios.

Nuestro cuerpo en cambio pertenece a la dimensión material donde la fragilidad es la ley y no la excepción.

La fragilidad humana no es un error, es un diseño. La repuesta a ellos es sorprendente: la fragilidad, no es defecto es una función.

Sin dolor jamás aprenderíamos a proteger la vida.

Sin miedo, jamás reconoceríamos el valor de la valentía.

Sin perdida jamás despertaríamos a la urgencia del amor.

Sin sufrimiento la compasión no habría nacido jamás en el mundo.

La vulnerabilidad es el lenguaje que la existencia utiliza para despertarnos a lo esencial.

El dolor como maestro primario: resulta chocante, pero el dolor es uno de los grandes maestros de la humanidad. Y no hablamos solo del dolor físico que protege nuestro cuerpo al advertirnos de un daño, sino también al dolor emocional, que ilumina lo que está herido, no para castigarnos, sino para mostrarnos donde debemos crecer.

Las personas sin capacidad de sentir dolor físico debido a cualquier enfermedad rara, sufre de heridas muy graves sin darse cuenta. Se queman, se fracturan, se desgarran. Porque su cuerpo no tiene la alarma que los proteja.

 Paradójicamente, quien no siente dolor vive más expuesto a la muerte.

Igualmente, pacientes que han perdido la sensibilidad emocional por traumas o daños neurológicos tienen enormes dificultades para vincularse, para comprender limites o para formar relaciones sanas.

Su vida es como un terreno sin brújulas. La ausencia del dolor no conduce a un paraíso, sino al caos.

Dios crea al ser humano con libre albedrio, no como un ser perfecto, sino como un ser capaz de llegar a la perfección. La libertad implica riesgo, sin riegos no existe amor autentico, ni elección verdadera.

Hablando de la visión mística y esotérica, el cuerpo es un vehículo temporal.

El espíritu como la auténtica imagen divina es eterno, pero al encarnarse acepta atravesar la fragilidad para experimentar, aprender y recordar su origen. Somos una chispa divina viviendo una experiencia humana.

Desde el punto de vista de la filosofía, lo divino no crea objetos terminados, sino procesos vivos.

No somos un cuadro terminado, somos la pintura en movimiento. Las fragilidades, la pincelada que da profundidad al cuadro de la existencia.

Esas tres visiones coinciden en algo:

La fragilidad humana no niega a Dios, es la condición para encontrarse con El.

En tanto que la vulnerabilidad humana es la vía del amor.

Si fuéramos invulnerables, perfectos y eternos desde el principio, no necesitaríamos a nadie, nada tendría valor, jamás aprenderíamos, la compasión no existiera y no sabríamos amar.

El amor nace precisamente de nuestra limitada estancia en el mundo. Amamos porque somos mortales, la fragilidad hace sagrada a la vida.

En ese sentido nuestra vulnerabilidad no es un castigo, es el más grande privilegio de la experiencia humana.

Nos cabe la pregunta ¿si Dios es perfecto, entiende entonces nuestro dolor?

Desde la mística judeocristiana y budista tienen una misma idea: Dios no sufre porque no es frágil, pero comprende nuestro dolor porque lo contiene todo.

Dios no es vulnerable, pero nos acompaña en la vulnerabilidad que él mismo permitió para nuestro crecimiento.

Para la espiritualidad profunda Dios, no es indiferencia, es presencia que sostiene incluso cuando no comprendemos.

Nosotros vemos la fragilidad como el camino al despertar, como nos ocurrió en ese quirófano del que hablamos, cuando una emergencia nos obligó a ello por lo tanto toda experiencia humana tiene esta estructura:

Nacemos vulnerables, crecemos heridos, aprendemos a amar, aprendemos a soltar y finalmente nos transformamos. La fragilidad nos hace humildes, nos obliga a mirar hacia dentro, nos inquieta, nos remueve, nos empuja hacia preguntas difíciles.

Entonces la fragilidad es lo que nos hace fuertes de verdad, no porque elimine el dolor, sino porque despierta la conciencia.

En este punto nos hacemos la pregunta, ¿si Dios no es frágil, y no sufre, por quien fuimos creados? ¿Cuál es la relación entre Dios y nuestra fragilidad?

Entendemos entonces que fuimos creados por Dios, pero no como él ya es, sino como lo que podemos llegar a ser. Nuestra fragilidad no es un defecto es el puente hacia la divinidad.

La vida humana es el taller donde lo eterno aprende a reconocer en lo temporal. Somos un soplo de lo infinito puesto en una vasija de barro, no para castigarnos sino para revelarnos lo que somos y podemos llegar a ser. Y esa paradoja de ser espíritu eterno viviendo en un cuerpo frágil, es precisamente lo que hace que la vida es un milagro.

Entendiendo ahora todo eso, de haber sido creado por Dios de la manera como nos hizo: frágiles, con sentimientos, con dolor, con libre albedrío, mantenemos la teoría expuesta claramente en nuestro Libro "La otra cara de Jesús", que las religiones, en nuestro caso la católica, tergiversando toda la vida de Jesús, su misión, sus evangelios, sus enseñanzas, sus palabras sabias y a su vez de orientación para lograr encontrar al Dios que tenemos dentro de nosotros, en fin alterando su vida, con fines políticos y de sometimiento, la humanidad no ha logrado después de más dos mil años, ese nivel de elevación espiritual que nos acercaría a la divinidad.

Hoy seguimos dominados por los poderes tanto político, como religioso, impidiendo el avance, la elevación espiritual de la humanidad y nos seguimos haciendo preguntas como estas que hemos respondido luego de varias investigaciones y consultas, sobre la misión del hombre en la tierra, por qué existe el dolor, por qué la vulnerabilidad, por qué la fragilidad, si se supone que somos hechos a la imagen y semejanza de Dios.

Cuando logramos entender en carne propia que en realidad la vida es frágil, muy frágil, reaccionamos, queremos acercarnos a lo divino, buscamos apoyo, buscamos los caminos, pero pocos al final lo consiguen por la manipulación y control de quienes ejercen los poderes.

FILOSOFICAMENTE, LA FRAGILIDAD DE LA VIDA

En esto de fragilidad de la vida, hasta los filósofos más importante han tocado el tema cada uno desde sus criterios le dan la debida importancia marcando el camino para quienes después de ellos imponían sus criterios, teorías o enseñanzas.

Sócrates:

El valor del alma sobre el cuerpo:

Para Sócrates, según los diálogos de Platón, la vida corporal es pasajera y frágil. Lo verdaderamente intenso es el alma. En el Fedón antes de morir, Sócrates afirma que el cuerpo está sujeto a la enfermedad y el deterioro, pero que el alma si se cultiva en la virtud, alcanza la inmortalidad.

De tal manera que quien valora la vida, no se aferra a lo material, ni a la apariencia. Sino que cuida su alma que es la parte de toda verdadera belleza. No vale la pena vivir una vida sin examen. Apología.

Seneca:

Estoicismo Romano.

La brevedad y fragilidad de la vida. Seneca enseña que la vida no es corta en sí misma, sino que la hacemos corta al desperdiciarla en cosas sin valor. La fragilidad de la vida debe inspirar con propósito y serenidad sin perder tiempo en lo banal. No tenemos poco tiempo, sino que perdemos mucho.

Michel de Montaigne:

La muerte como muestra de vida. Filosofar es aprender a morir, sostiene que la conciencia de la muerte nos hace más humano y sabios. La fragilidad de la vida es la condición que nos obliga a vivir con moderación. Sin vanidad con respeto por lo esencial.

La verdadera madurez moral surge cuando se acepta que la vida es frágil y por eso es preciosa,

Meditar sobre la muerte, es meditar sobre la libertad.

Arthur Schopenhauer

El sufrimiento y la vulnerabilidad humana observa que toda vida está marcada por el dolor, la enfermedad y la permanencia. La única sabiduría posible consiste en reconocer esta fragilidad y desarrollar compasión hacia todos los seres. Necesitamos respetar y tener empatía hacia nuestra propia vida precisamente porque todos compartimos la misma fragilidad.

Albert Camus:

La filosofía de lo absurdo. Camus plantea que la vida puede parecer absurda o carente de propósito, pero que su valor surge de la conciencia misma a su fragilidad. Vivir pese a la incertidumbre es un acto de rebeldía y de afirmación moral. Aceptar la fragilidad no significa desesperanza sino una decisión ética viviendo con amor, lucidez y respeto. El sentido de la vida es el que elijas darle.

Víctor Frankl:

Siendo un viviente en los campos de concentración, señala que incluso en las peores circunstancias, el ser humano conserva la libertad de darle sentido a su vida. La fragilidad no acumula el valor, sino que lo exalta.

Quien tiene un por qué vivir, puede soportar casi cualquier cómo...

DESTINO Y CASUALIDAD

Destino y casualidad los hilos invisibles que sostienen la fragilidad humana.

La vida humana es un tejido en movimiento. Un bordado delicado donde cada hilo visible o invisible contribuye a formar la imagen final.

Entre esos hilos existen dos que la humanidad ha intentado descifrar desde los albores de la conciencia.

Ambos parecen opuestos, uno firme y profundo, otro ligero e impredecible. Pero cuando los observamos con claridad espiritual, descubrimos que trabajan juntos para construir el mapa secreto de nuestra existencia.

En la fragilidad de la vida esos hilos se tensan, se cruzan y a veces se rompen, revelando que nada es tan simple como parece.

El destino, la corriente que nos sostiene

EL destino no es un guion, no es un libro cerrado donde está escrito el final, más sutil, más inteligente, más vivo.

En destino es la dirección interior hacia la cual la vida te empuja para que cumplas tu propósito.

Es la semilla de tu alma, lo que vienes a aprender, lo que viniste a sanar, lo que viniste a entregar.

El destino aparece:

Las personas que vuelven una y otra vez

Los talentos que nacen contigo

Los errores repetidos que te muestran una herida

Las experiencias que te transforman

Los sueños que no te sueltan

Las intuiciones que te hablan sin palabras.

EL destino no obliga, pero insiste

No fuerza, pero llama

No controla, pero orienta.

La vida humana es frágil precisamente porque ese llamado del destino convive con nuestra libertad de elegir, de desviarnos, de equivocarnos, de regresar o de insistir por caminos dolorosos.

La fragilidad humana se hace evidente cuando descubrimos que el destino no grita, susurra.

La casualidad el disfraz del universo.

Lo que llamamos casualidad es la capa superficial de la realidad. Es la forma cotidiana como los hilos profundos se muestran sin revelar.

La casualidad es:

 los encuentros inesperados

Los accidentes que cambian todo

Las demoras que evitan algo peor

La llamada que entra en el último segundo

El libro que cae en tus manos en el momento justo

La persona que aparece cuando estas a punto de rendirte.

A veces creemos que la casualidad es un juego de azar, pero en la mirada espiritual es la manera elegante que tiene el universo de actuar sin romper el misterio.

Es como si la vida de dijera:" no te mostrare mis planes, pero te llevare exactamente a donde necesitas estar".

La casualidad es un puente. Mientras el destino es un lugar adonde te lleve el puente.

¿Cómo se cruzan en la fragilidad de la vida?

La vida es frágil porque no controlamos el destino, ni las casualidades.

Podemos planear, decidir, insistir, resistir, pero hay momentos, los más importantes en los que algo más grande interviene.

La fragilidad humana se manifiesta justamente aquí:

Un encuentro fortuito te cambia la existencia

Una llamada perdida altera tu historia

Un paso a la derecha te salva la vida

Una pequeña distracción inicia un camino que jamás hubieras imaginado.

Una persona que no esperabas se convierte en tu misión

Un instante se fractura y con él tu mundo.

La fragilidad nos recuerda que la vida no esta en nuestras manos por completo y aun así estamos llamados a vivirla con toda la fuerza de nuestro corazón.

El destino necesita de la casualidad.

El destino es profundo, pero no tiene forma. La casualidad es ligera, pero crea los escenarios.

Juntos hacen:

El destino coloca la necesidad

La casualidad coloca el momento

El destino marca el aprendizaje

La casualidad marca el encuentro, el destino prepara la transformación.

la casualidad te empuja hacia ella.

Sin destino, la vida sería un caos sin sentido. Sin casualidad sería una estructura rígida sin libertad.

Ejemplos:

La palabra salva:

Una persona al borde de una decisión fatal escucha por casualidad una frase que la detiene. Fue casualidad o el destino que se abre paso a través de la voz de otro.

El amor inesperado:

Dos personas se encuentran porque la otra llego dos minutos tarde y coinciden en el mismo lugar.

La demora fue casualidad, el encuentro fu el destino.

La enfermedad despierta:

Una enfermedad aparece sin aviso, revela lo frágil que somos, pero también lo que necesitamos cambiar. Casualidad fue su aparición, el destino es su significado.

¿Por qué el destino y la casualidad aumentan la fragilidad de la vida?

Porque a través de ellos nos damos cuenta qué:

No controlamos todo, no entendemos todo, no podemos evitarlo todo, no podemos preverlo todo.

La fragilidad humana no está solo en el cuerpo, está en la incertidumbre, en la sorpresa, en la imposibilidad de saber que viene después.

Pero allí en esa vulnerabilidad viene la belleza de la existencia:

La vida es valiosa porque es imprescindible. La vida es sagrada porque es frágil.

Si todo estuviera asegurado, calculado y garantizado la experiencia humana perdería su identidad. La fragilidad convierte a cada instante en un milagro.

En resumen: el destino y la casualidad no son enemigos, nos son opuestos, no son fuerzas contradictorias, son manos invisibles trabajando en sincronía.

El destino te da un propósito. La casualidad te da el camino.

La fragilidad humana está hecha justamente de ese equilibrio, un alma que busca sentido y un universo que se revela a través de los detalles más pequeños y cuando ambos se unen aparece la verdad profunda:

Nada es completamente casual.

Nada es completamente inevitable.

La vida ocurre en el espacio sagrado. Entre ambas fuerzas.

LA MUERTE DESPIERTA VERDADES

Esto de la fragilidad de la vida luego de la experiencia vivida hace unas semanas atrás, es un tema muy complejo, muy álgido, pero sobre todo muy humano y en ese sentido entiendo el por qué decidí escribir este libro dejando a un lado aquel otro que puede esperar, no tanto como este que despertó en mí verdades, muchas interrogantes y una sensibilidad en mi interior con repuestas sinceras y una claridad que desconocía.

En ese instante cuando la camilla donde tú vas para entrar a la sala de operaciones y sabes que en pocos minutos ya no sabrás de ti, que quedaras en las manos de profesionales sí, pero desconocidos para ti y tú eres un paciente más para ellos. ¿Entiendes lo que eso significa? No hay familiaridad, no hay afinidad, no hay acercamiento amistoso, sencillamente eres una enferma más en esa lista de ellos en ese día.

De tal manera que consciente de eso, en unos minutos quedarías anestesiada, es decir se acaba tu mundo, entras al umbral de lo desconocido, en ese sueño profundo y en instantes tu vida está frente a ti, tu espíritu que no es frágil como tu cuerpo, que no sufre como él, pero si siente, si aprende y sí evoluciona, porque la fragilidad de la vida es el escenario donde el espíritu crece, y a través de la vulnerabilidad humana es que el alma desarrolla compasión, humildad, perdón y amor.

Es por ello qué, en ese instante pides perdón, tus últimos pensamientos y palabras las elevas a Dios y te entregas a sus manos. No fuimos la excepción, eso hicimos, cuando en la camilla me voltearon para iniciar la operación en la espalda a la altura del riñón, como pude eleve mis ojos y pedí perdón por los errores y puse mi vida en manos de Jesús de Nazareth, es lo último que recuerdo.

Días después ya en plena recuperación, analice muchas cosas relacionadas con los últimos momentos de cualquier persona precisamente porque la vida es frágil, somos vulnerables, y me pregunte por que cuando alguien se entera que le quedan poco tiempo en este plano terrenal, ¿por qué cambian? ¿por culpa? ¿por remordimiento? ¿por arrepentimiento?

Creemos es la mezcla de sentimientos encontrados, entre ellos que la conciencia despierta, deja de vivir en automático, se vuelve autentica, ve con claridad lo que realmente importa.

En esos momentos, el ego se derrumba, las máscaras como el orgullo, las poses, la altivez, todo eso cae, sabe que el tiempo se acaba y generalmente hace su propio balance: evalúa, lo que hizo bien, lo que hizo mal, a quien hirió, a quien ayudó, a quien agradeció, que deja pendiente.

Por ello vemos muchas noticias sobre celebridades que saben que tienen su tiempo contado, sus días definitivos e inician una reconstrucción de su conciencia con actos de caridad, ayudando a niños, a ancianos, a entregar su dinero a obras de beneficencia. Es solo buscando un poco de balance positivo a la hora de terminar, en un deseo sincero de cerrar su ciclo en paz, de dejar una huella a su partida, de alguna manera es agradecer la vida que tuvo o puede ser una manera de reconciliarse consigo mismo.

Definitivamente la cercanía del fin nos dice que solo importa el amor que dimos y el amor que dejamos.

La otra pregunta que despierta la cercanía de la muerte es ¿por qué algunas personas tienen una larga agonía? Parece no querer irse sin conocer la razón.

Hasta los momentos no hemos logrado una repuesta que sirva para todos, pero lo que sí hay, son varios niveles de comprensión: físico, emocional, espiritual.

Desde lo físico, el cuerpo se resiste a soltarse, no porque no quiera sufrir, sino porque la biología tiene sus ritmos. El corazón, los órganos, la respiración tienen un tiempo que no siempre coincide con el deseo de la persona o de sus seres queridos.

Desde el punto de vista emocional la agonía prolongada puede ser: un apego, un miedo, no sentirse listo, un deseo de quedarse un poco más.

El alma a veces tarda en despedirse porque hay vínculos, dolores, responsabilidades que siente que no termina de soltar.

Y desde el punto de vista espiritual, hay algo muy profundo: la agonía prolongada a veces funciona como un tiempo sagrado, un tiempo de limpieza, de reconciliación, de cierre.

No siempre eso ocurre conscientemente, pero muchas almas antes de partir necesitan: perdonar, pedir perdón, aceptar, soltar, comprender algo, concluir un ciclo o cerrar una herida interna.

Es como si la vida le dijera "alma: tomate el tiempo que necesitas para irte en paz".

Y sí, muchas veces la agonía permite un proceso de removimiento interno, aunque la persona no pueda expresarlo con palabras.

Hay silencios que son decisiones, miradas que son despedidas y gestos que son perdones.

Hay muertes que son silenciosas consideradas las mejores, son muertes en personas que han pagado sus culpas, por decirlo de alguna manera, que tienen su conciencia en paz, que solo desean el momento de irse. Porque la fragilidad de la vida es en segundos, estás y al mirarlas ya se han ido, calladas, sin ruidos, sin quejas, sencillamente se fueron.

Ese caso seguramente lo han visto en varias personas, nosotros lo vimos en nuestra madre, se mantuvo en cama por varios años producto de un ACV. Esa mañana como todas, estaba en su silla de extensión tomando sus 10 minutos de sol. La chica encargada de cuidarla, como lo hacía todos los días, mientras estaba allí, subió a su habitación a cambiar la cama. Al regresar, ya ella no estaba, su cuerpo sí, su alma no. Sin ruido alguno, sin expresión alguna, sencillamente partió. Fue buena esposa, excelente madre, caritativa y servicial, su alma se elevó con la misma serenidad como fue su vida.

¿Esa será la partida más deseada? ¿La silenciosa? ¿o esa, sin últimas palabras, solo una mirada y se va?

LO QUE LA PARTIDA REVELA

La muerte no llega igual para todos. A veces es un susurro, otra un golpe brusco.

Pero cada forma de morir revela algo profundo sobre cómo se vivió, lo que precedió

Hay quienes se van en silencio, como si hubiera estado preparándose desde hace años. Su partida no sorprende, es más bien una continuidad, un paso suave desde un estado de entrega a otro de descanso.

En ellos la muerte parece un abrazo, una consecuencia de una vida que, de algún modo ya había aprendido a soltar.

Otros mueren de forma repentina, una caída, un infarto, un accidente.

Esos finales abruptos dejan en quienes se quedan una sensación de irrealidad, como si la vida hubiese hecho un corte brusco que nadie esperaba.

En estos casos la muerte nos recuerda la fragilidad pura: lo efímero del instante, lo breve del aliento, lo indefenso del ser humano ante un destino sin aviso.

Hay muertes largas, prolongadas donde el cuerpo resiste mientras la esencia se va apagando lentamente, a veces se interpretan como castigo, pero con frecuencia son la contrario: un tiempo adicional para cerrar, perdonar, asimilar, decir lo que nunca se dijo.

Son procesos donde más que el sufrimiento físico, se libra una batalla silenciosa entre los que se resiste y los que ya desean partir.

Y están las muertes violentas, las que llegan forzadas por la acción de otro o por la fuerza de la naturaleza.

Esas dejan enseñanzas duras: que la existencia humana no tiene blindaje, que somos vulnerables, incluso cuando creemos que todo está bajo control.

Cada forma de morir, aun siendo distinta, tiene un mensaje común: la vida es frágil, delicada, como una hoja suspendida en el aire y su caída, sea suave o abrupta siempre nos envía a reflexionar sobre cómo hemos vivido hasta ese instante.

El momento del paso:

Cuando llega el momento de partir, el cuerpo se detiene, pero algo más se pone en movimiento.

La ciencia ha documentado experiencias cercanas a la muerte: personas que aseguran haber visto una luz, un túnel o haber flotado fuera de su cuerpo.

No es necesario descubrirlo como milagro para reconocer que en esos testimonios hay una constante: el momento del paso suele sentirse como una liberación.

Creencias antiguas: griegas, indígenas, orientales, coinciden en que el instante final es un tránsito, no una ruptura. Un cambio de estado, no un fin.

Quienes han estado al borde de ese límite describen una sensación inesperada de paz.

No hay miedo, sino claridad.

No hay dolor, sino comprensión

Como si la conciencia por un momento se descubriera independiente del cuerpo que la sostiene.

Ese instante es un umbral un lugar donde el tiempo ya no tiene sentido, donde el pasado deja de pesar y el futuro deja de preocupar.

Solo existe la transición: suave para unos, intensa para otros, pero siempre definitiva.

Aunque no sepamos con certeza que ocurre después, algo en lo más profundo de la humanidad desde hace miles de años intuye que el último suspiro no es final, sino la puerta.

El silencio del cuerpo:

La vida humana depende de milagros diminutos, un corazón que late sin que lo ordenemos, pulmones que se llenan y vacían, un sistema nervioso que coordina sin preguntarnos.

La fragilidad se hace evidente cuando unos de esos engranajes fallan.

Basta que un latido falle, que una neurona se quede sin oxígeno, que una célula altere su curso para que toda la estructura colapse

Es casi incomprensible que un ser capaz de crear arte, amar, perdonar imaginar universos, este sostenido por esos hilos finos.

Pero en ese silencio final del cuerpo ocurre algo sagrado las funciones se apaga una por una, como si la vida entregara lo prestado con cuidado y sin prisa.

Ese apagarse no es un fracaso, es la naturaleza recordando que la vida nunca nos perteneció por completo.

La despedida de los que se quedan:

Cuando alguien muere, el mundo no solo cambia para quien se va, sino para quienes permanecen.

El duelo es una herida profunda, pero también es un espejo. Muestra la importancia que esa persona tuvo en nuestra historia.

Llora quien amó, duele quien compartió, se desmorona quien había construido parte de su identidad alrededor de la presencia del otro.

El duelo es la prueba de que el vínculo sigue vivo aun después de la muerte. No es solo tristeza, es amor buscando un lugar donde quedarse.

En el proceso cada uno enfrenta preguntas propias:

¿dije lo suficiente?

¿ame cómo debía?

¿Qué hago ahora con este vacío?

La muerte ajena obliga a una reorganización interior.

Y aunque duele también puede sanar, abrir espacio, transformar.

Porque la fragilidad de la vida no solo se revela en la muerte, sino en lo que ocurre después de ella.

Lo que no se dijo:

A veces no es la muerte lo que más duele, sino las palabras que no se dijeron.

Los perdones que no se dieron

Los abrazos que se retrasaron

Las promesas que quedaron en gestos incompletos

Las explicaciones que se guardaron por orgullo o miedo.

Este es uno de los puntos más humano de la fragilidad.

La vida no garantiza que habrá un mañana para arreglar lo que hoy evitamos.

Las palabras ausentes pesan tanto como una ausencia física.

Y por eso cuando sabemos y entendemos que la vida es frágil, deberíamos entender que cada día es una oportunidad de cerrar, aclarar, amar antes de que sea tarde.

La Vida como préstamo:

No somos dueños de la vida. La vida es un préstamo, algo que recibimos sin pedirlo y que debemos entregar sin aviso.

No podemos retenerla, prolongarla a nuestro antojo, ni obligarla a cumplir expectativas.

Lo único que podemos hacer es administrarla mientras nos acompaña.

Y como préstamo la vida exige responsabilidad:

Con nuestros actos

Con nuestras relaciones

Con nuestro propósito

Con nosotros mismos

Quien entiende que la vida no le pertenece, la vive con gratitud, más humildad y más sinceridad.

El gran misterio: la última frontera

Después de todo lo que hemos dicho, analizado, sufrido y comprendido queda un espacio donde no hay palabras.

El misterio, es la parte de la existencia que ninguna ciencia, ni teología ha podido explicar.

La línea invisible entre el último aliento y lo que viene después. Ese territorio donde ni el dolor, ni el miedo, ni la fragilidad tienen forma.

Aceptar ese misterio es aceptar que la vida humana está rodeada no solo de fragilidad, sino también de belleza. De algo que no trasciende nos envuelve y nos acompaña sin mostrarse del todo. Ese misterio es el mejor símbolo de la fragilidad humana.

CIERRE:

La fragilidad no es un defecto humano, sino la prueba de que la vida es preciosa, su brevedad nos enseña a amar, su incertidumbre nos despierta, y su finitud nos recuerda que estamos aquí para dejar más luz que sombras.

Porque el final lo único que permanece es lo que dimos, lo que dejamos.

Y lo único que nos llevamos es lo que fuimos.

Somos un soplo que respira, un corazón que se atreve y una conciencia que busca sentido.

Si la vida fuera eterna no sabríamos valorar un amanecer por señalar algo.

Sino hubiera final, no habría profundidad. La fragilidad es el hilo que sostiene nuestra historia, aceptar ese hilo es aprender a vivir.

La vida es un suspiro:

Cuando decimos coloquialmente que la vida es un suspiro, es una frase que todos entendemos de manera intuitiva, pero cuando la llevamos a la palabra escrita especialmente en un libro como este, conviene desplegarla, abrirla, darle cuerpo, música y sentido.

Versión poética:

Cuando la gente la dice realmente está diciendo que es nuestra existencia que pasa como un viento suave que apenas roza la piel.

Un instante estamos aquí, llenos de planes, voces risas y dolores.

Y al siguiente todo se convierte en un eco, en un vacío.

Se dice porque al mirar hacia atrás, descubrimos que los años se desvanecen igual como se desvanece una imagen en el espejo, el vaho, que aparece, brilla un momento y luego ya no.

La vida es un suspiro porque no se deja atrapar, se escapa entre los dedos como la arena fina, aun cuando creamos tenerla bien sujeta.

Es la forma poética de admitir que somos breves, que todo es frágil, que cada latido es irrepetible.

Exactamente cada momento, cada acción, cada minuto, es una demostración más de lo frágil que es la vida, todas esas expresiones o acciones de nosotros, pueden terminar no solo en un instante, sino que es sin anuncio, sin pautarlo, sencillamente llega el fin y todo se acabó.

Por ello insistimos, si la vida es tan frágil, tan inesperado su final, por qué buscar alternativas que se adelante a ese momento. ¿Por qué exponernos en un evento alpinista?, ¿por qué en acciones que no dominamos, que no estamos preparados, como en competencias deportivas de alto rendimiento, boxeo, lucha, o maratón?

En este mismo renglón de lo breve que puede ser la vida, así como un suspiro, podemos hablar del cuidado a la salud, a exigirle al organismo más de lo que puede dar. La salud el sustento, el suelo, donde descansa una vida larga, una vida corta o una vida que termina de manera súbita,

Como lo señalamos en su momento, el dolor, esa expresión del organismo del que todos nos quejamos, y muchas veces no los atendemos, es el mecanismo que tenemos como señal, como alerta de las fallas del organismo, y sin embargo son muchos quienes hacen caso omiso a esas señales y cuando se reacciona, es tarde, el mal avanzó, la salud se complicó y así nomás, en ese tiempo que pensabas te quedaba, todo se acabó, la vida como un suspiro se fue.

Por otro lado, cuando una persona afirma que la vida es un suspiro, quiere decir que la duración de la vida humana es extremadamente corta frente a la inmensidad del tiempo, y que nuestros momentos significativos pasan más rápido de lo que imaginamos.

Conciencia de la brevedad.

En esa brevedad de la vida se debe tomar conciencia de que su fragilidad se puede expresar en cualquier evento, bien sea un accidente, una noticia, para recordarnos que todo puede cambiar de un segundo a otro.

La vida se escapa con la misma rapidez que se exhala un suspiro, es decir somos temporales, por ello el valor sagrado que tiene cada segundo.

Entendamos que somos viajeros breves, hechos de minutos que pasan y de recuerdos que se deshacen en el aire, y sin embargo en esa brevedad reside su grandeza: cada momento cuenta porque ninguno vuelve.

El tiempo sigue su camino, sin medirse, sin rencores, sin miedo, sencillamente en su plena libertad sigue y sigue, quien desea seguirlo y aprovecharlo bien, pero quien lo deja pasar sin propósito, sin sentido, le da igual. Es en nosotros el cuidarnos y cuidar cada segundo que se nos permite vivir.

EL KRONOS Y EL KAIROS

El Kronos es el tiempo del reloj, el que usamos para los candelarios, el de los minutos que caen poco a poco, sin detenerse.

Es el tiempo que envejece, que desgasta, que marca las horas de nacimiento y de despedidas.

Es el tiempo cuantitativo, es el tiempo que usamos para organizar la vida: horarios, agendas, plazos, años, etc.

Es el tiempo que nos recuerda que somos finitos. Cuando decimos que la vida es frágil, estamos hablando precisamente desde Kronos porque el corre con sus manecillas o no, sin mirar hacia atrás, sin conceder tregua.

Es el tiempo que todo humano siente en los huesos. Que el cuerpo envejece, es la oportunidad que pasa, es la hora que no vuelve.

Kronos es el tiempo que nos empuja hacia la conciencia de que un día no estaremos.

El Kairós, en cambio es el tiempo interior, el tiempo del alma que no se mide, se siente.

Es el instante cuando algo sucede a su propio ritmo, el momento justo, el momento perfecto, es ese segundo cargado de sentido que no se puede programar, ni controlar. Es el tiempo cualitativo.

Es el tiempo de la inspiración, de la revelación, del despertar interior. Es el tiempo cuando una mirada lo cambia todo. Cuando una palabra abre un camino, cuando una decisión altera el destino.

Kairós es el tiempo cuando la vida ocurre de verdad.

Puedes pasar dos horas en Kronos, pero solo vivir 10 segundos en Kairós. O viceversa un minuto de Kairós puede marcarse para siempre como si todo el universo se detuviera para decirte: ahora. Es el tiempo cuando el alma respira.

¿Cómo se relacionan con la fragilidad de la vida?

Kronos nos recuerda que la vida es breve. Nos obliga a ver que el cuerpo pasa, que las oportunidades se cierran, que la juventud se disuelve. Es el espejo de la finitud.

Kairós nos recuerda que la vida es profunda, que no se mide por cuantos años, llena la brevedad de significados.

Por eso cuando combinamos ambos entendemos el misterio. La vida es frágil porque Kronos la limita, pero es valiosa porque Kairós la ilumina.

Son esas las teorías de los griegos desde época muy antigua pero que se ha conservado hasta los momentos: los dos tiempos: Kronos es el tiempo del reloj, que desgasta, el que corre sin detenerse, el que nos recuerda que somos pasajeros.

Kairós en cambio es el tiempo del alma, el segundo exacto cuando algo realmente sucede.

La vida es frágil porque está hecha de Kronos, pero encuentra su sentido cuando se enciende en Kairós y tal vez nuestra tarea sea esa: aprender a reconocer, dentro de la prisa del tiempo que se agota, los instantes que realmente nos pertenecen.

En otras palabras, más sencillas y entendibles, explicamos mejor con un ejemplo: el Kronos es el pasar del tiempo según el reloj, lo utilizamos para fijar candelarios, fechas, nacimientos, eventos, etc.

En tanto el Kairós, es el tiempo de la presencia, de la creatividad, de la memoria, el que utilizas en ayudar, son los tiempos que recuerdas, donde está tu presencia en ayudar a alguien, y tantas otras actividades que al final son tus instantes de estar, de compartir.

FRÁGIL Y MARAVILLOSA

Bastaron 3 horas en una camilla bajo fuertes luces, con unas personas desconocidas a nuestro alrededor, en una de esas noches, no una cualquiera, cuando nos sorprendió un riñón colapsado que ameritó acudir a la emergencia médica, para entender lo frágil que es la vida, que los años vividos se vuelven instante hasta en un ser como yo que ha vivido 80 años y le han parecido insuficientes para la misión que debía cumplir.

En esa camilla anestesiada a expensa mi cuerpo de lo que esos desconocidos pudieran hacer o a expensa de un destino que me reclamaría por tiempo vencido. Estaba inerte, anestesiada, cualquiera podría ser mi futuro, ¿retornar o transcender?

Fueron solo tres horas, suficientes para valorar aún más la vida con sus penas y dolores, sus alegrías y tristeza, responsabilidades y abandonos, en momentos como esos sentimos, palpamos, experimentamos, lo realmente frágil que es la vida, ese instante que es el estar y ya no más.

Y en ese retorno, en esta nueva oportunidad de estar, seguiremos adelante, con más respeto, más gratitud con la conciencia de que cada día es un préstamo para aprovecharla en toda su extensión.

Estamos conscientes de los frágiles que somos, eso no lo podemos evitar, pero esa misma conciencia que tenemos de que el instante que estamos viviendo es un préstamo, valorémoslo, actuemos con firmeza también con precaución.

Al despertar de la anestesia y entender no solo lo sucedido, con un colapsó renal así de improviso que terminó en una cirugía de emergencia, sino que la vida es breve, es frágil, su final es imprevisto y parece que la humanidad no entiende eso o sencillamente que le importa un bledo y por ello arriesga su vida sin conciencia.

No quiero ser parte de esa estadística, esas tres horas donde aquellos desconocidos me dieron la oportunidad de seguir cobrando el tiempo prestado que nos queda, es decir seguir viviendo, lo aprovecharemos con dignidad, verdad, sentimiento y responsabilidad.

Vivir con dignidad:

Vivir con dignidad es recordar que cada día tiene un valor propio, que no estamos aquí para arrastrarnos, sino para caminar con la frente limpia, respetándonos a nosotros mismos, y respetando la vida de los demás. La dignidad es la manera más silenciosa y firme de honrar este tiempo que se nos concede.

Si algunas palabras son sabias y santas, en el buen sentido, es la de nuestros padres quienes sienten el amor verdadero, desinteresado y sus consejos por eso no solo son valederos, sino sabios y debemos considerarlos y de ser posible aplicarlos vivir con ellos en nuestro proceder y así tendremos un alto porcentaje que nuestro tiempo prestado, será provechoso, sin, o con muy pocos arrepentimientos.

En ese sentido nos decía nuestro padre, que siempre debemos vivir con la cabeza en alto, que nada tengamos que esconder que nuestras acciones y decisiones, sean lo más justas posibles, tanto por uno mismo, como para los demás. "Siempre con la cabeza en alto, hijos míos". Así fue su vida, y fue el mejor y más claro ejemplo para aplicar y entender sus palabras.

La dignidad te da seguridad, te elimina el temor frente a otros permitiendo llevar una vida fresca, con tranquilidad, con muy pocas preocupaciones y con cero momentos de pena o vergüenza.

Lo mejor que tiene vivir con dignidad es que te hace la vida más ligera, más firme y con puertas abiertas a todas tus aspiraciones y metas, en pocas palabras caminas, actúas y decides con la seguridad que te da el tener tu cabeza en alto, sin temer tener que agacharla frente a alguien.

La vida en sí ya es frágil, como lo hemos sentido y vivido, hoy estamos y luego en segundos ya no, la dignidad igualmente es frágil, por algún pequeño error la puedes perder y por ello hay que actuar con cautela, con decisiones pensadas, considerando lo que te dicta tu conciencia, tus principios y tu corazón.

Mientras más tranquila y en paz lleves la vida, más vivirás, más lograrás, la experiencia con mis 80 años lo garantizo, siempre hemos actuado según el ejemplo de nuestros padres con honrades y moral y hemos visto los resultados, de tal manera que la dignidad vale y pesa mucho en la vida de todos.

Vivir con verdad:

Vivir con verdad es atrevernos a quitar las máscaras, a no escondernos detrás de lo que otros esperan, ser fieles a lo que sentimos y a lo que pensamos. La verdad no es siempre cómoda, pero es la única que permite que el alma respire sin peso. Si algo hacemos la mayoría de los humanos con gran facilidad y de manera espontánea, es mentir, es disimular, aparentar con fines baldíos, vacíos y en la mayoría de los casos, lo hacemos de manera tan natural que no se siente remordimiento, sin embargo, eso significa que en múltiples oportunidades esa falta de actuar con la verdad nos complica la vida, esa mentira generalmente arrastra a otras más significando una vida nada fácil, poco ligera y si enredada.

Es faso aquello de "mentiritas" o "mentiras sanas". Mentira es mentira y las consecuencias no se hacen esperar. Cuantas veces por no estar con la verdad, vivir en la verdad, se complican y hasta se destruyen amistades, lazos familiares y sociedades.

Aun no conocemos la parte positiva de una mentira, de un engaño. Al contrario, una mentira, es el inicio de una larga cadena de muchas más y al final es una vida conflictiva, complicada y protagonista de enemistades, acciones violentas y hasta asesinatos.

La verdad y la dignidad van de la mano. ¿No hay mentiras? Entonces se lleva la vida con dignidad, es por ello por lo que la verdad debe ser otro de los principios en nuestra vida en este corto tiempo que nos dan para realizarnos, cumplir la misión, el propósito y al final darle sentido a ese tiempo prestado del cual disfrutamos.

Vivir con sentimiento

Vivir con sentimiento es permitir que la vida nos toque: alegrarnos, dolernos, emocionarnos, llorar cuando sea necesario y reír cuando el corazón lo pide, es no vivir anestesiados, ni distantes, sino presentes, sensibles abiertos a lo que cada instante nos quiere enseñar.

Si algo especial tenemos los seres humanos es la sensibilidad, tenemos un corazón que late de diferente manera y a ritmos distintos que nos lleva a una vida que nos hace únicos.

Sentimos calor, frío, sufrimos enfermedades, pero también expresamos amor, odio, envidia, rencor, celos y otros sentimientos que nos causan risa, a otros llantos y en fin que tenemos un espíritu que solo como humanos nos hace ser especiales.

Pero ¡cuidado! Son sentimientos muy frágiles que nos pueden llevar a un mundo positivo o al lado negativo, por ello tenemos que saber cómo aplicar esa característica única, especial, para llevar la vida de la mejor manera, pero sobre todo con sensibilidad y justicia.

Debemos saber cuándo reír, cuándo llorar, allí en esa elección toma parte la sensibilidad, el sentimiento, el sentido común. Ponerlo de manifiesto correctamente ayudará a una vida en paz, en tranquilidad y sobre todo con sentido humano, de solidaridad que es ese sentimiento que te hace empático, cercano y solidario.

Vivir con responsabilidad es comprender que no estamos solos, que nuestras acciones dejan huellas, que cada gesto puede sanar, herir a otros ser humano.

Es hacernos cargo de lo que somos, de lo que decimos, de lo que construimos, porque la vida, aunque frágil también es un tejido que se sostiene entre todos.

Así seguiré viviendo, así también seguiremos viviendo, mientras el tiempo nos permita caminar con dignidad, con verdad, con sentimiento y la responsabilidad de saber que cada día es un regalo que debemos honrar.

Tenemos todas las herramientas para llevar una vida perfecta, sin embargo, así no es, vamos a explicar según concluimos por nuestras experiencias y conceptos de nuestras lecturas e investigaciones, la razón de por qué los humanos nunca somos completamente felices.

Lo primero es señalar que confundimos felicidad con satisfacción. Por eso decimos que la felicidad es momentánea. Somos felices por eventos que pasan y se olvidan: la aprobación de un examen, el día que nace un hijo, el acto de graduación, etc.

Luego eso pasa, se olvida. En otras palabras, son hechos que no se perpetúan, son transitorios como la mayoría de nuestros actos sociales o familiares.

Tenemos las herramientas necesarias tanto en nuestros sentimientos, sensibilidad y mente en una vida moderna con tecnología, conocimientos, libertad y comunicación. Sin embargo, no tenemos profundidad ni sentimiento interior.

Hemos confundido:

Placer con felicidad

Distracción con paz

Abundancia con plenitud

Por eso, aunque tenemos todo, algo falla en nuestro interior, hay aún ese vacío

Nos han ensañado a buscar la felicidad en la aprobación, en el éxito, en la imagen, en el qué dirán, en cumplir las expectativas de otros. Pero casi nadie aprende buscando hacia adentro, donde realmente está.

Y si tomamos ese camino incorrecto, jamás llegamos a ese destino de felicidad que buscamos, pero no sabemos dónde, ni cómo.

Nos da miedo la verdad, porque duele, cuestiona, remueve y nos obliga a cambiar.

Preferimos vivir entre pequeñas mentiras o zonas de confort antes que enfrentar lo que realmente sentimos o necesitamos.

Mientras tengamos miedo a la verdad, no puede haber felicidad profunda.

Consideremos que el ser humano viene completo con todo lo necesario para vivir una vida plena, pero nos vamos rompiendo poco a poco: en la infancia, en los abandonos, en la falta de amor real, en los traumas, en las perdidas, en las injusticias y en todos esos sentimientos mal entendidos u olvidados.

Siempre buscamos seguir adelante sin haber sanado lo que dejamos atrás, y una vida con heridas abiertas no puede sostener una felicidad estable, esa herida siempre quedará ahí,

Tampoco no podemos ser felices cuando no sabemos manejar el dolor que forma parte de la existencia, pero la sociedad moderna prefiere evitarlo a cualquier costo. Lo evitamos buscando distracción, o lo escondemos, nos anestesiamos como se dice popularmente, o sencillamente corremos.

Nadie puede ser feliz sino sabe qué hacer con su propio dolor cuando debemos comprenderlo e integrarlo.

Por nuestra experiencia y la de quienes nos rodean, la vida por naturaleza no garantiza la felicidad, tenemos momentos maravillosos, también momentos terribles y muchos, tal vez demasiados, y muchos eventos neutros,

Ella viene diseñada para transformarnos y en eso la felicidad no es constante, aparece, desaparece, muta y enseña.

Kronos, ese tiempo del reloj, nos arrastra hacia el futuro y hasta el pasado.

Kairós en cambio es nuestro instante verdadero es donde habita la felicidad, pero nadie de nosotros la ve.

Estamos siempre preocupados por lo que vendrá, atrapados en lo que pasó, pensando en lo que falta y siempre corriendo detrás de algo.

Y la felicidad requiere presencia y eso en nosotros parece estar muy escaso.

Porque definitivamente no somos felices, no sabemos ser felices, tampoco queremos aprenderlo por escépticos a buscarla en nuestro interior.

Porque tenemos que entender que ser felices no depende de las herramientas externa, sino de la claridad interior:

Porque la vida no nos lo hace fácil

Porque tenemos miedo de mirar hacia dentro

Porque cargamos vacíos, heridas, deseos que no comprendemos

Porque confundimos los caminos

Porque vivimos hacia fuera y no hacia dentro.

¿Es posible ser feliz?

Claro que sí, no como un estado permanente, sino como una frecuencia del alma que se alcanza cuando:

Somos auténticos

Estamos presentes

Sanamos lo que nos duele

Aceptamos lo inevitable

Agradecemos lo simple

Y dejamos de correr detrás de ilusiones.

Definitivamente: la felicidad no es la meta, es el resultado natural, es vivir en verdad.

FRÁGIL , PERO VALIOSA

De todo lo vivido, sentido y estudiado sobre este tema podemos resumir que la vida realmente es frágil, pero no por ellos menos valiosa, es muy valiosa y es precisamente esa fragilidad la que la vuelve sagrada.

Hemos visto y vivido en carne propia el dolor humano, hasta que nivel puede llegar que amerite como en nuestro caso, una intervención quirúrgica de emergencia a mitad de una noche inesperada.

Allí vivimos el dolor físico, el emocional y el mental. Lo hemos entendido no como un castigo sino como un lenguaje profundo que el cuerpo y el alma utilizan para despertar, para corregir rumbos, para recordarnos que estamos vivos.

Hemos considerado el abandono, la soledad, la perdida de sentido que empuja a tantos hacia decisiones irreversibles. También hemos mirado de frente esos instantes que cambian todo: las revelaciones súbitas, los encuentros improbables, los segundos que iluminan o destruyen una existencia.

En medio de esa complejidad, comprendemos que la vida se sostiene entre dos columnas: Kronos y Kairós.

Kronos el tiempo que nos desgasta, el del reloj que nos atormenta, el que avanza sin pedir permiso nos recuerda que nuestra estadía es breve.

Kairós es el tiempo interior nos revela que dentro de esa brevedad hay momentos cargados de eternidad, palabras que sanan, decisiones que transforman, miradas que nos rescatan.

La vida se mueve entre ambos, entre lo que se nos escapa de las manos y lo que permanece en el alma.

Y sin embargo incluso sabiendo que somos pasajeros seguimos adelante.

Construimos, acompañamos, aprendemos, amamos, a pesar de que nada es seguro y todo es finito.

Ese es el milagro que aun sabiendo que somos frágiles, elegimos vivir.

En toda la experiencia vivida nos queda la lección de una invitación silenciosa.: mirar la vida con respeto, con gratitud, con la conciencia de que cada día es un préstamo y cada encuentro una responsabilidad.

No podemos evitar la fragilidad, pero si podemos decir cómo habitamos nuestro tiempo si lo hacemos dormidos o despiertos, distraídos o presentes, desde el miedo o desde la verdad.

Porque al final la vida no se mide por su duración, sino por su intensidad, por su hondura, por la capacidad que tengamos de estar plenamente en ella.

No buscamos dar respuestas definitivas, sino abrir puertas hacia la reflexión, hacia la sensibilidad, hacia la comprensión de lo humano.

La vida es frágil, sí, ya lo hemos no solo documentado, sino con testimonios de hechos delicados, lamentables en otros tantos, pero que en todo caso ha demostrado que la vida es frágil, delicada, basta un segundo, un movimiento en falso, para poner fin a todo, incluso al sueño que buscaban donde consiguieron su fin.

Por ello hemos insistido en el respeto a la vida, en la responsabilidad al momento de realizar tareas peligrosas, deportes riesgosos, acciones temerarias, porque es allí donde la fragilidad se pone de manifiesto y todo queda anulado, en final y en un final definitivo, no de una competencia o paseo riesgoso, sino el fin para siempre.

Sí, la vida es bella a pesar de su fragilidad, no la coloquemos en la cuerda floja, no la pongamos en un riesgo innecesario, nos referimos a tantas cirugías baldías, frívolas, vanidosas de las cuales terminan en arrepentimientos por motivos varios, algunos casos por mala praxis y quedan en estado vegetativo o sencillamente con consecuencias lamentables como perdidas de neuronas y con ello problemas de movimiento.

RELIGIONES Y FRAGILIDAD

¿Algunas religiones promueven más la felicidad interna, la fragilidad de la vida?

A esa pregunta que nos hicimos, logramos esta interesante repuesta:

Sí, hay religiones que promueven la felicidad interna y en ese punto hablamos del budismo no porque sean superiores, sino porque su enfoque espiritual está dirigido hacia la mente interior no hacia a la obediencia externa o el miedo.

El budismo:

Es quizás la tradición espiritual que más explícitamente enseña cómo lograr:

Serenidad

Desapego

Autoconocimiento

Reducción del sufrimiento mental

Aceptación del momento presente

El objetivo central del budismo no es agradar a un dios, ni cumplir normas rituales, ni buscar salvación futura, su propósito es liberar la mente del sufrimiento.

Y por eso una persona formaba en el budismo si tiene más herramientas para la felicidad interior que la mayoría de las religiones tradicionales.

Pero eso no significa que todos los budistas sean felices, sino que el camino budista está diseñado para ello.

Ellos favorecen más la felicidad porque enseñan cosas esenciales como:

La impermanencia

Nada es para siempre, sufrimos porque queremos que lo que amamos no cambien.

El desapego:

No se trata de no amar, sino de no poseer. Quien no intenta aferrarse a todo sufre menos.

La mente como origen del sufrimiento

No son los hechos los que nos destruyen, son nuestros pensamientos sobre ellos.

La compasión:

Vivir con bondad reduce conflictos internos.

La meditación:

La herramienta maestra para silenciar la mente y encontrar paz.

¿Y LAS OTRAS RELIGIONES?

La mayoría de las religiones occidentales (catolicismo, cristianismo, judaísmo, islam) se concentran más en:

Normas

Dogmas

Moral externa,

Obediencia

Culpa

Promesa de salvación futura

Estas no siempre conducen a la paz interior, sino a veces a conflictos internos.

Si embargo todas las religiones tienen corrientes internas más profundas:

Místicos cristianos

Sufíes dentro del islam

Kabalistas judíos

Taoístas chinos

LA FELICIDAD INTERIOR DEPENDE DEL CAMINO

Una persona puede ser feliz siendo: cristiana, judía, musulmana, budista, o sin religión, sencillamente porque la felicidad depende de:

Cuanto se conoce a sí misma

Cuánto ha sanado

Cuanto ha aprendido a manejar su mente

Cuánta verdad vive

Cuanta presencia tiene

Lo cierto es que unas tradiciones ayudan más que otras a ese camino.

ESPIRITUALIDAD Y FRAGILIDAD DE LA VIDA

En el corazón del ser humano late un anhelo silencioso que ninguna sociedad, ningún progreso y ninguna ciencia ha podido extinguir: el deseo de estar en paz consigo mismo.

Ese anhelo es spiritual, antes que religioso y allí comienza una diferencia esencial.

La espiritualidad nace dentro, en lo íntimo en aquello que nadie ve.

Es el esfuerzo por entenderse, sanar lo roto, escuchar el propio silencio, encontrar sentido, respirar con la vida en vez de pelear con ella.

La espiritualidad no exige templos, ni normas, ni intermediarios, exige honestidad consigo mismo.

En ese espacio interno es donde surge la verdadera felicidad, esa que no depende de circunstancias externas, sino del equilibrio interior.

Por esa felicidad es frágil, muy frágil, porque depende de la calidad de nuestra mente, de nuestras heridas, de la capacidad de estar presentes.

Basta un miedo, un recuerdo, una pérdida o una mentira interna para que esa serenidad se quiebre. La espiritualidad no elimina la fragilidad: la ilumina, la reconoce y la trabaja.

La religión como estructura externa nacen para organizar lo espiritual, pero al hacerlo corren el riesgo de endurecerlo.

Con el paso de los siglos se vuelven instituciones, sistemas, fronteras, normas que prometen salvación, doctrinas que reparten culpas, ritos que sustituyen la esperanza viva.

Estas estructuras también son frágiles, aunque pretenden lo contrario. Son frágiles porque dependen del poder humano, de la interpretación, del miedo, de la obediencia, del control. Basta un cambio de época, una crisis social o un despertar interior colectivo para que esas certezas comiencen a resquebrajarse.

Las religiones ofrecen consuelo si, ofrecen comunidad, narrativa esperanza futura.

Pero no siempre ofrecen paz interior, porque la paz no se impone desde afuera se cultiva desde adentro.

El ejemplo del budismo:

Algunas tradiciones como el budismo han conservado ser más clemente ese enfoque interior. No buscan la felicidad como emoción, sino como estado de ecuanimidad.

Enseñan la impermanencia, la no posesión, la compasión, el silencio mental.

Es un camino donde la felicidad nace de la comprensión, no de la creencia.

Pero incluso aquí la fragilidad está presente si el practicante no trabaja su mente, si no medita, si no se observa, el camino se diluye.

La vida es frágil porque se rompe fácilmente.

Las religiones son frágiles porque dependen de las interpretaciones humanas. La felicidad interna es frágil porque necesita equilibrio constante.

Y sin embargo en esa fragilidad se encuentra la belleza de lo espiritual: la conciencia de que nada está garantizado nos obliga a despertar.

Es precisamente la fragilidad lo que hace que la vida merezca ser vivida.

Que la espiritualidad merezca ser buscada.

Y que la felicidad interna deba ser cuidada como un fuego pequeño en medio de la noche.

Una vida gobernada por Kronos, el tiempo que desgasta, solo la espiritualidad nos abre las puertas de Kairós, el instante sagrado, donde podemos experimentar paz verdadera.

Ni la religión, ni las promesas eternas, ni la acumulación de cosas pueden sustituir ese momento de lucidez interna cuando uno comprende quien es, que siente y hasta donde camina.

La felicidad interna no es un regalo automático, ni un privilegio religioso. Es una construcción delicada, vulnerable, profundamente humana.

Surge cuando vivimos con autenticidad cuando reconciliamos nuestra historia, cuando escuchamos la voz de nuestro espíritu más que los ruidos del mundo.

La mayor lección spiritual: la fragilidad no es un obstáculo, sino la invitación más pura para vivir despiertos.

EL FIN NO DISTINGUE

JESUS NO FUE AJENO

Ese momento que todos sabemos que nos llegará, pero que es una incógnita, una eterna interrogante, es suficiente para tratar de vivir ese tiempo que nos dieron, de la mejor manera, es difícil estar listo para cuando eso suceda, por ello actuemos con claridad y sinceridad en la búsqueda de las metas tratadas.

La muerte no se detiene a preguntar quien fuiste, que acumulaste, cuanto poder tuviste o que pureza sembraste, llega con la misma exactitud para todos. En ese momento la fragilidad es la más democrática de nuestras experiencias.

Tomemos en cuenta a Jesucristo, no fue ajeno a la fragilidad, la habito, la aceptó la encarnó.

Incluso pensando que él sabía lo que le sucedería, eligió no escapar. Pudo haber tomado otros caminos, pudo haber huido, pudo callar, pero acepto la vulnerabilidad humana como parte de su misión.

Su muerte no fue suave, ni justa, ni merecida desde el punto de vista humano.

Fue violenta, injusta y prematura, igual que la muerte de tantos inocentes a lo largo de la historia.

Y sin embargo su fragilidad no lo disminuyó, lo engrandeció.

Mostro que incluso que lo más sagrado puede romperse, sangrar y caer.

El otro caso el de José Gregorio Hernández, un hombre completamente dedicado al otro murió de manera abrupta, simbólicamente irónico, no por enfermedad, sino por accidente, su muerta mostro algo esencial:

"La bondad, no inmuniza. La santidad no negocia con el azar".

Su final desconcierta porque nuestra mente quisiera que quien hizo tanto bien recibiera una larga vida, un cierre apacible, pero la fragilidad no negocia, no distingue.

Mencionemos también otro caso, Carlos Acutis, un chico lleno de alegría moderna, con espiritualidad fresca y ternura infinita, muere a los 15 años, un chico que construía puentes entre la fe y la tecnología que contagiaba armonía.

Su muerte corta duele porque rompe la narrativa humana de que los buenos deben vivir más, pero la vida no opera bajo criterios de merecimiento.

Ocurrió algo similar a los de Jesús: a veces la fragilidad da una vida corta, amplifica el eco de una existencia luminosa.

Concluimos con que: la fragilidad no impide la transcendencia, la muerte injusta o inesperada, no borra lo vivido, lo intensifica.

Y sobre todo el fin no distingue, pero la vida si deja huellas y esa huella no depende del tiempo, sino de la profundidad.

Todos recibiremos el mismo destino que cualquier ser humano.

Todos ellos vivieron con intensidad, autenticidad y entrega.

Y todos demostraron que lo importante no es evitar el fin, sino como se sostiene la vida mientras se llega a él.

Si incluso Jesús, el símbolo máximo de la luz, acepto la fragilidad humana y no la evitó, ¿Cómo no abrazar nosotros nuestra propia vulnerabilidad?

Si José Gregorio Hernández bueno entre los buenos encontró un final tan inesperado y Carlos Acutis joven lleno de pureza, se fue antes de tiempo ¿Qué nos dice esto?

Nos dice sencillamente que la muerte no distingue ni entre santos, ni profanos.

Lo que distingue sí, es la vida, la profundidad de lo vivido y lo que dejamos en otros.

Hay una verdad que atraviesa los siglos y los cuerpos como un hilo silencioso: la vida es frágil y su fragilidad es el puente que nos iguala. Nadie escapa de ella.

La respiración que hoy nos sostiene, mañana puede ser un suspiro que se apaga. Y ese misterio nos envuelve a todos sin importar la altura desde donde miremos al mundo

Lo poderosos no puede negociar con la muerte, ni los santos pueden posponerla, ni los buenos pueden convencerla qué vuelva después.

Jesús lo supo. Su vida tan luminosa, como humana, no fue una excepción el destino que nos coge a todos, aun cuando pudo haber evitado su final, eligió habitar la fragilidad para mostrarnos que lo divino no está en escapar de la vida, sino en vivirla con profundidad. Su muerte injusta, prematura y dolorosa nos recuerda que incluso la luz más pura puede romperse. Sin embargo, al romperse ilumina más.

José Gregorio Hernández el medico que regalo su ciencia a los humildes encontró un final inesperado como cotidiano, no hubo voces celestiales anunciándolo, ni señales extraordinarias que advertirle.

Simplemente en un instante se quedó en el camino y la vida cambio de manos. En su partida abrupta entendemos, que la virtud no concede prolongaciones. La fragilidad alcanza incluso a quienes mejor encarnan la compasión.

Carlos Acutis casi un niño aun lleno de esa alegría transparente de quienes viven sin dobleces, dejo este mundo demasiado pronto dejando a muchos con un nudo de incredulidad.

Su muerte corta nos enseña que no hay edades garantizadas, que la pureza no compra tiempo y que el alma luminosa no siempre disfruta de una larga estancia, pero también nos enseñó que la brevedad puede ser intensa, que la juventud puede contener una sabiduría que trasciende décadas no vividas.

A través de ellos: Jesús, José Gregorio Hernández y Carlos Acutis, la vida nos murmura una sentencia suave pero firme.

Nadie está exento de la fragilidad:

Nadie se libra del final

Pero no todos viven con la misma profundidad.

Porque si la muerte no distingue, la vida si lo hace.

Distingue la huella que dejamos en otros

Distingue la verdad con la que miramos al mundo

Distingue la dignidad con la que sostenemos las tormentas.

Distingue el amor aun cuando la vida es breve.

Al cerrar este libro queda una certeza que no busca asustar, sino despertar.

La fragilidad no es enemiga de la existencia misma, es su maestra. Es la que nos recuerda que cada día es prestado y que lo único verdaderamente nuestro es la forma como vivimos.

Cada lector tome de estas páginas lo que necesite:

La calma de aceptar lo inevitable

La valentía de vivir lo que aún le pertenece

La gratitud de saberse pasajero.

Y la responsabilidad de llenar su paso de verdad, sentimiento y dignidad.

Porque al final cuando el tiempo cierre la puerta, no importa cuánto vivimos, sino cuanta vida dejamos encendida.

Como prepararnos para el final.

Y si bien nadie puede escapar del fin si podemos preparar el alma para recibirlo sin espasmo. No con perfección porque ningún ser humano vive sin grietas, pero si con serenidad, la preparación para la muerte no es un ritual grandioso, ni un conocimiento oculto, es más bien un gesto humilde, una disposición interna, un modo de estar en el mundo.

¿Qué es lo mínimo, la esencial para llegar al final sin temblor?

No es la acumulación de méritos externos, ni la ausencia de errores, es algo más profundo más silencioso casi invisible.

Vivir con honestidad:

Honestidad con los demás sí, pero sobre todo con uno mismo

Decirse la verdad, aunque duela. No construirse vidas inventadas, no llevar cadenas que no pertenecen, la muerte se recibe con más calma cuando uno sabe que no vivió disfrazado.

Actuar con justicia:

La justicia no es una balanza divina es una mirada limpia hacia el otro.

Es haber procurado no herir deliberadamente, haber reconocido cuando nos equivocamos, haber reparado lo que pudimos.

Quien ha vivido sin crueldad, sin dar golpes innecesarios, sin abusar del poder que tuvo, duerme mejor en la última noche.

Practicar la gratitud:

Agradecer no como un acto religioso sino como una disposición del corazón. Quien agradece, comprende que nada le pertenece, que todo es préstamo.

Y por eso devuelve la vida sin rabia. Como quien entrega algo que disfrutó, aunque lo hubiera querido un poco más.

Amar sin reservas innecesarias

Amar sin miedo al ridículo

 Amar sin esperar garantía

Amar sin la soberbia de creer que siempre habrá un mañana

El amor sincero incluso, si fue imperfecto es el único equipaje que no pesa cuando llega la hora.

Dejar asuntos esenciales en paz:

No se trata de resolverlo todo, porque nadie puede.

Pero si de haber cerrado las heridas que podíamos cerrar, de haber perdonado lo que hora de soltar, de haber pedido perdón cuando la culpa nos tocaba a nosotros. Quien deja menos nudos, camina más liviano.

Aceptar la impermanencia

Entender con humildad profunda, que lo que cambia no nos traiciona, solo nos recuerda que estamos vivos.

Aceptar el paso de los días, del cuerpo, de la memoria es ya un acto de preparación espiritual.

Y cuando la muerte se acerque sea en silencio o en una tormenta, el alma podrá decir:

"no estuve perfecta, pero estuve presente".

"No lo hice todo bien, pero intenté hacer el bien".

"No viví eternamente, pero viví con dignidad, con verdad, con sentimiento y con responsabilidad".

Eso es suficiente, porque la mejor preparación para la muerte es haber honrado la vida, no con grandezas, sino con humanidad.

He estado buscando el punto final a este recorrido por la fragilidad de la vida, iniciado por la experiencia vivida una noche que no fue una cualquiera, sino todo lo contrario donde, cambio nuestra vida tanto en concepto como en la realidad de unos momentos que no esperaba, donde podía pasar en cuestión de segundos a estar o no estar más, y allí en esa camilla atendida rápidamente por unos profesionales de la medicina si, pero desconocidos. Mi vida, a partir de ese momento estaría en manos de personas extrañas, en un lugar que asusta y en una noche con rayos y centellas.

Esa experiencia he tratado de plasmarla en estas páginas, agregando todos los vértices de lo frágil que es nuestra vida, que poco la valoramos, que mal la disfrutamos y tarde lo vemos.

Creyendo siempre en las señales que nos envía Dios y el universo, nuevamente pedí una señal para cerrar este pequeño libro demostrando lo frágil de la vida y lo poco que en realidad la valoramos, me llega un mensaje de una buena amiga.

Fue un video, de unos pocos minutos, mis lagrimas no se hicieron esperar, allí sentada en una silla de ruedas, una de mis cantantes favoritas Céline Dion, la voz extraordinaria de la canción del Titanic.

Ella la muy famosa, ganadora de premios porque en realidad es una voz privilegiada y allí frente a mí en esa pequeña pantalla del celular, estaba en un video, sentada en una silla de ruedas casi totalmente paralizada, se dirigía a la boda de su hijo. Para abrazarlo, dos hombres la levantaban, ella inmóvil, sus brazos caídos a un lado, rígidos, inmóviles, en tanto su hijo la recibió llorando. Ese video me conmovió de una manera impresionante, lloré en la soledad de mi habitación.

Cerrando el libro, escribiendo las ultimas líneas cuando respondiéndome a la señal que pedí a Dios, al universo o a mí musa, estaba ella Céline Dion, demostrándome y demostrando a todos lo frágil que es la vida, hace unos meses atrás era ella, la cantante, la de la voz hermosa, la cautivadora de sus admiradores, y en cuestión de días, es esta otra, una mujer débil, padeciendo de tan extraña enfermedad.

Era la señal que pedí, ella precisamente una de mis cantantes favoritas, en esa realidad tan cruda. Que frágil es nuestra vida.

Ella ha dejado una huella, una trayectoria, un ejemplo, pero sobre todo la clara demostración del significado de la vida, un tiempo que nos presta el universo muchas veces utilizado de manera responsable, pero en otras no tanto, llegando a la irresponsabilidad, a la falta de humildad y amor al prójimo.

Esta pregunta nos la debemos hacer todos: ¿Estamos viviendo una vida con conciencia? ¿estamos conscientes de nuestro propósito? ¿le estamos dando el verdadero sentido? ¿hacemos lo correcto en este tiempo indefinido que nos han prestado?

Porque al final, la vida no se mide por su duración, sino por su intensidad, por su hondura, por la capacidad que tengamos de estar plenamente en ella.

Vivamos en el Kairós, el tiempo de plenitud, de entrega, del disfrute sano, el tiempo que permanece en la memoria, en nuestro propio tiempo, no en el Kronos que es el tiempo que marca el reloj, los calendarios, el que nos envejece, ese que nos lleva a toda prisa en una carrera sin reflexión.

Siempre tendré en mi mente aquel momento cuanto acostada en una camilla con personas que sin conocerlas me ofrecían palabras de aliento, palabras positivas, mientras mi mente solo pensaba en Dios, a medida que me acercaban a toda prisa a ese lugar cargado de algunas muertes, pero también de muchas nuevas vidas logradas, me dirigían al quirófano, uy al quirófano, al destino desconocido y aquellos seres a mi alrededor actuaban rápido, muy rápido y entre una orden y otra, una información y otra, mi mente quedó en blanco y mi cuerpo inerte, estaba en manos del instante del estar y el seguir, o el ya no más, mi préstamo vencido, ese Kronos el tiempo del reloj, dejaría de seguir marcando, o sería esa otra oportunidad donde el tiempo del Kairós seguiría acumulando recuerdos.

Aquí estoy expresando esa experiencia de la fragilidad de la vida, de ese hilo tan delgado del cual todos dependemos, continuo en ambos, en el Kronos que seguirá marcando mis horas, minutos, tal vez días y años y mientras es así con el mayor respeto, sinceridad, dignidad y responsabilidad, luego de la experiencia vivida, seguiré en el Kairós anotando, acumulando una vida prestada por un tiempo impreciso, pero que será aprovechado con la conciencia del valor que tiene cada instante.

FIN.

EPILOGO

Al cerrar este libro, queda una idea que resuena con la suavidad de una verdad antigua: la vida no nos garantiza duración, pero si nos ofrece profundidad. La fragilidad que tanto tememos no es un enemigo, sino una maestra silenciosa que nos recuerda que amar importa, que sanar importa, que agradecer importa, que vivir con dignidad importa.

Cada página escrita fue una forma de reconciliarnos con ese misterio que todos compartimos. No escribimos para explicar la muerte, escribimos para honrar la vida, darle su valor.

No escribimos para negar al dolor, escribimos para encontrarle el sentido. Tampoco escribimos para vencer la fragilidad escribimos para comprenderla.

Si algo queda después de leer estas páginas que sea esto:

Que la existencia es breve, pero jamás pequeña.

Que estamos hechos de polvo, pero también de un soplo.

Que no controlamos el final, pero si elegimos como habitamos el tramo que se nos dio.

Ojalá cada lector, al cerrar este libro, puede decir con sinceridad:

"No sé cuánto tiempo tengo, pero se cómo quiero vivirlo: con verdad, con sentimiento, con responsabilidad, con dignidad."

Porque el fin no distingue, pero la forma como vivimos, esa si deja huella.

www.ingramcontent.com/pod-product-compliance
Lightning Source LLC
Chambersburg PA
CBHW030342030726
47499CB00003B/880